《我们深圳》文丛
首部全面记录深圳人文的非虚构图文丛书

《我们深圳》丛书,
因"我们"而起,为"深圳"而生。
这是一套"故园家底"丛书。
这是一套"城市英雄"丛书。
这是一套"蓝天绿地"丛书。
这是一套"都市精灵"丛书。
《我们深圳》,是你的!

我们深圳

OUR DAYS
ON CAMPUS

校园十二时辰

陶粲明 / 著

深圳报业集团出版社

安静的校园上课时间

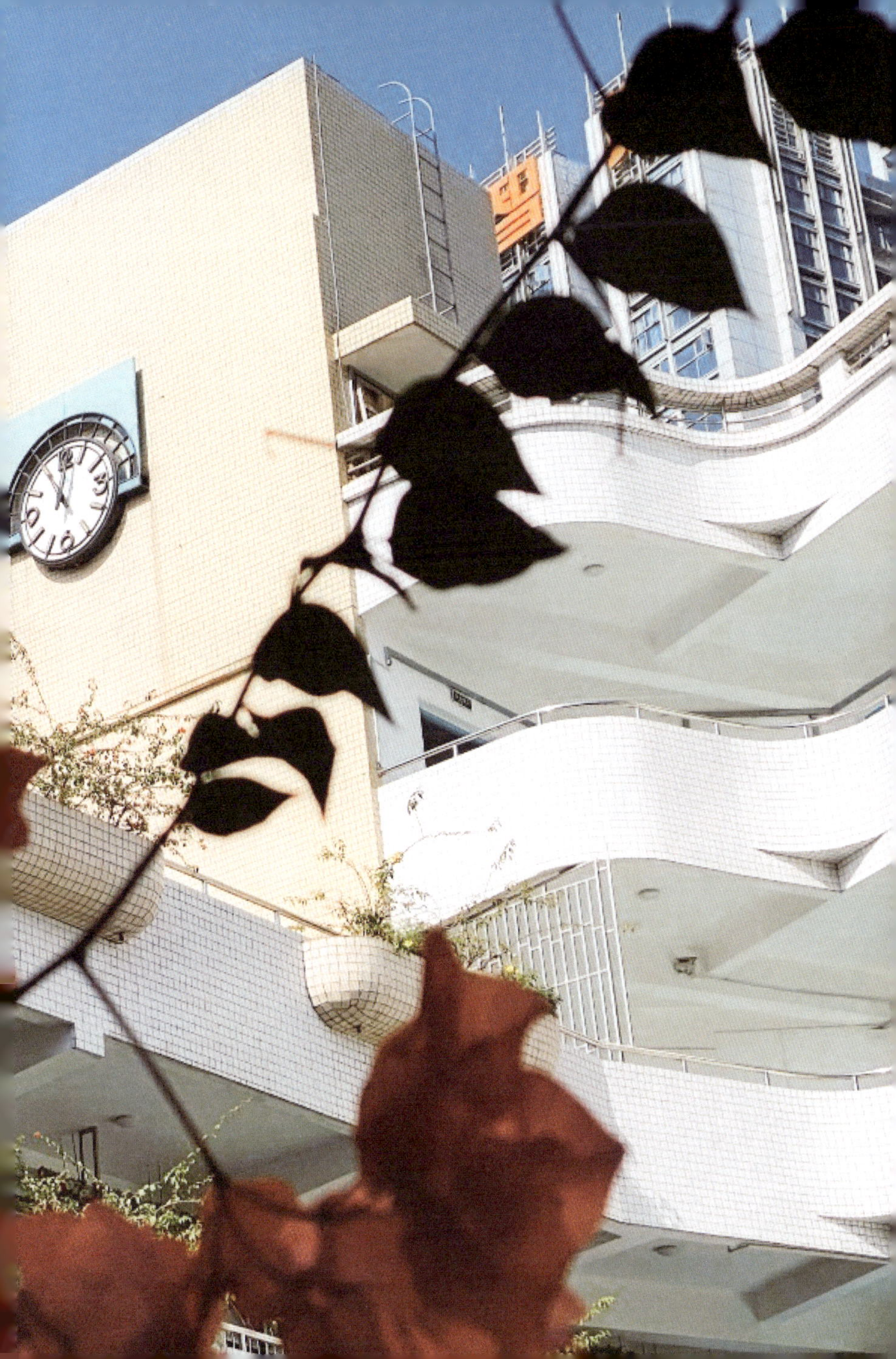

7 6 5 4 3 2 1

小飞机与降落伞——"纸飞机大[赛]"

1. 每小组:1名"最美"、1名"最远"[小飞机]

全班:3名"又美又远" 小飞机 一等奖

课堂上活泼欢乐的孩子们

校园里滚铁环的孩子

王一般的教练在训练中

运动会上小运动员们入场了

上林大丰镇中心学校的校门前

校园操场上的落叶

热烈

快乐课堂

专注

篮球场上

去上林支教的路途中

五月的中巴公路

课堂上，点名中

在美国的学校参观学习

塔合曼小学三年级的学生在表演歌舞节目

我们深圳
043

总序

《我们深圳》？

是的。我们,而且深圳。

所谓"我们",就是深圳人:长居深圳的人,暂居深圳的人,曾经在深圳生活的人,准备来深圳闯荡的人;是所有关注、关心、关爱深圳的人。

所谓"深圳",就是我们脚下、眼前、心中的城市:是深圳市,也是深圳经济特区;是撤关以前的关内外,也是撤关以后的大特区;是1978年以来的改革热土,也是特区建立之前的南国边陲;是现实的深圳,也是过去的深圳、未来的深圳。

《我们深圳》丛书,因"我们"而起,为"深圳"而生。

这是一套"故园家底"丛书,它会告诉我们:深圳从哪里来,到哪里去,路边有何独特风景,地下有何文化遗存。

我们曾经唱过什么歌，跳过什么舞，点过什么灯，吃过什么饭，住过什么房，做过什么梦……

这是一套"城市英雄"丛书，它将一一呈现：在深圳，为深圳，谁曾经披荆斩棘，谁曾经独立潮头，谁曾经大刀阔斧，谁曾经侠胆柔情，谁曾经出生入死，谁曾经隐姓埋名……

这是一套"蓝天绿地"丛书，它将带领我们遨游深圳天空，观测南来北往的鸟，领略聚散不定的云，呼叫千姿百态的花与树，触碰神出鬼没的兽与虫。当然，还要去海底寻珊瑚，去古村采异草，去离岛逗灵猴，去深巷听传奇……

这是一套"都市精灵"丛书，它会把美好引来，把未来引来。科技的、设计的、建筑的、文化的、创意的、艺术的……这座城市，已经并且正在创造如此之多的奇迹与快乐，我们将召唤它们，吟诵它们，编织它们，期待它们次第登场，一一重现。

这套书，是都市的，是时代的。

是注重图文的，是讲究品质的。

是故事的，是好读的，是可爱的，是美妙的。

是用来激活记忆的，是拿来珍藏岁月的。

《我们深圳》，是你的！

胡洪侠

2016 年 9 月 4 日

序

我喜欢的时时刻刻

不知从什么时候开始,我于工作中理解了纪伯伦《先知》里说的:你劳作,为的是与大地及其灵魂一道前行。

在绝对不会枯燥乏味的校园劳作中,找到灵魂。然后,爱上每一个时刻的校园时光。

曙光中的校园,操场上清洁阿姨执长长的竹扫帚沿着红色的塑胶跑道,唰唰唰地扫着昨夜飘坠的落叶。

篮球队和田径队的训练总是开始得最早的,大门前学生三三两两进校,太阳的光此刻柔软清亮,一切都生机蓬勃。

下午某个时刻的校园,所有在校的孩子已经全部离校,闹腾了一天此刻归于静然,天总是蓝得无法描述,偶尔有不知名的鸟啾啾飞过,不留一点儿痕迹,带着美妙的梦幻感。

雨天,校园最是孩子的乐园。

他们一下课就撑起雨伞在雨中漫步,欢乐地踢踏着浅浅的水窝。他们才不像大人那么无趣,见雨就躲就跑,雨从来都是孩子隐秘的好友。

放学时,一把把雨伞像一朵朵彩色的云朵,缓缓地往外涌去,我呆呆看着这一幕,会有种置身于某个尚未被写出的童话故事的幻觉。

那平日课间的校园,就更不用说了,下课铃一响,像巨大水壶中的水瞬间抵达100℃沸点,壶盖被冲击得哐啷啷狂响,每一个水分子都在升腾。哎,你若没见识过,我真的不知该如何向你描述。

小学生啊,才不像中学生那么矜持,只在走廊上站站,好朋友之间聊聊,小孩子身量小能量大,个个如铆足了劲儿的炮弹,都是从教室前后门弹射出来的。

低年级的娃儿更令人目瞪口呆:他们搂着、抱着、追着、亲着，在地上翻滚着、拖行着，小兽一般地无所顾忌，笑也灿烂无忌，哭也惊天动地。

猜到学校走廊的水磨石地面为什么总是光亮可鉴吗？年年岁岁都有"人肉打磨机"来来回回，不眠不休，才会蹭得如此锃明瓦亮呀。

三楼墙角一个小女孩正在嚎啕大哭，她带来的布偶娃娃身上的两颗珍贵的"钻石"被同桌男孩不小心弄掉了。

小男孩蔫蔫地站在一旁，手掌里摊着那女孩的娃娃身上的两颗心爱的塑料宝石，一脸悔恨又不知如何安抚，不停地说着"对不起"。

我在乱哄哄的走廊上哄住女孩，应承帮她修补。

那一刻，小男孩的眼神简直就像看到了救星。

上课后,到仓管员那里借来一小管502胶,仔细把"钻石"粘在了布偶娃娃的胸前。

当小女孩看到恢复原貌的娃娃时,欢喜得又蹦又跳,小男孩虚虚地立在门旁,露出笑得羞羞怯怯的小脸蛋。

放学时,我总是习惯性地放下手里的事情,来到走廊,站在长长的走廊上,看看花坛里开满红艳艳簕杜鹃的教学楼,还有排着路队准备回家的学生。

经过安全主任办公室,瞥见主任正对着一个仅穿着校服短袖上衣,下面脱光光的小男生又气又急,哭笑不得,小男生的底裤、外裤胡乱地脱在脚边,鞋子都甩到沙发底下去了。

我吓了一跳,赶紧进去把门掩上,问道:"怎么了?"

主任指着面前只有六七岁、满脸负气模样的、梗着脖子的小娃儿，说："他，他，下课从楼上往下面扔书包被值日生抓了送来，我还没开口问呢，他二话不说就开始脱鞋剐裤。哈，我倒是要找他爸妈来问问，这是在哪里养成的恶劣习惯。"

经验丰富的安全主任，竟也会被小男生一通从未见识过的"神操作"搞得蒙了圈。

事情可以慢慢处理，先得哄着偃头耷脑的小娃儿把裤子穿上——这要是给好事之人拍了搁在网上谁说得清？

如今这人世间，眼见真的未必就是事实啊。

这般不可思议的"精彩桥段"，如果不是亲历者，谁能构思得出来呢？

假如无法在工作中找到乐趣，那工作绝对就是无尽的折磨，而当我们在工作中体味到乐趣，工作本身就成了一种奖赏。

教师这职业，真的，只要你投入进去，永不无聊。

校园里，有比我高出一头去的大个儿六年级男生坐在书吧里掉眼泪，一问，原来是被同学冤枉了，满肚子委屈。别看六年级的学生身高似成年人了，其实，内心还稳稳地住着个小孩子。

我先让送我外出开会的司机等一等，然后坐在这个男孩身边，等他哭过后，跟他聊聊如何面对成长中的难，安慰他12岁的脆弱。

也有豆芽菜般的一年级小人儿虎头虎脑地蹿进办公室，一脸稚气不知畏惧，"校长，刚才跳绳时，老师不公平"。

他叽叽咕咕在你面前说了一大通，当然是越听越糊涂。

好吧，我起身，牵过他的小手，说："带我去见见你的老师。"

还有那些顽皮的犯错的孩子，他们不过是创造了一个相对成年人来说像异度空间般的神秘世界，值得摸索需要探寻，不能着急。

家长习惯了某个老师，不许你换人，家长不喜欢某个老师，会逼着你换人；一些家长投诉某老师太凶，另一些投诉某老师脾气太好；家长们也会聚集起来威胁，只要某个患有躁郁症的孩子还在班里，他们的孩子就会集体罢课……

更多的，当然是宽厚理性的成年人，他们给予你的，是坚定的支持和理解。

稻盛和夫说：要想拥有一个充实的人生，你只有两种选择，一种是"从事自己喜欢的工作"，另一种则是"让自己喜欢上工作"。

真的，一份能阅尽人性的职业，正是我所着迷的。

再说，在校园里，永远都有新鲜事儿。

很多年前，教育局办公室想调我进去"打个杂"。当然，这个事儿我也是这两年才开始跟人说起，年岁长了忌讳变少了。

作为也许是第一个拒绝去教育行政部门的人，我还深深记得现在已经退休的那位老领导当时隔着大班台看着我时脸上困惑的笑容。

"学校更适合我一些。"想象一下机关工作，于我，大约如同一叶小舟颠簸在茫茫大海，我会慌张凌乱地不断寻找大地。

其实跟《海上钢琴师》里那个终身寄居于海轮的"一九〇〇"是一样的，他害怕离开那艘航行在大海上的轮船，觉得陆地令他惶恐不安，而孩子们欢跑闹腾的学校，就是我的大轮船。

我更喜欢混迹在孩子堆里。跟孩子在一起，世界都更有意思一些。

我喜欢跟学生在一起，听其他老师讲班里学生的事儿，捣蛋的、烦心的，都让我羡慕不已，我的工作路径似乎已偏离课堂主阵地，再也难以回去了。

我要相信，无形的陪伴，坚定的帮助，也是工作的意义。

有时候，发生在教室里的事儿，会让你感受到上帝眷顾的温柔目光。

那天正好有我的课,刚进教室,坐在靠后门位置的学生起身关门,一个迟来的孩子正巧把手伸进来,门嘭地关了,他的手指扭曲着夹在门里——疼得我的眼泪哗地就下来了。

心急如焚地把痛得汗如雨下的男孩送校医室后,班主任立刻就跟进了。

回到教室的我,心怦怦乱跳,半天无法言语,脑海里闪现出一万种这个孩子可能会手指残疾的噩梦,指着那个闭眼粗心关门的孩子真想骂两句,却开不了口。

我稍稍平复心情后,认认真真做了一番安全教育。猛地,那个受伤的男孩站在门口喊"报告"。

我惊骇得粉笔差点掉落,问道:"怎么没去医院?"

"老师,手指没事了。"

怎么可能？我拿起他的右手，看了又看，继续问道："不疼？没骨折？"

"还有一点点疼，校医说没骨折。"

我又热了眼眶，突然发现世间最美的词竟是"虚惊一场"。

七月，这个学生毕业，他特意跑来办公室，送我一盆迷你的多肉植物盆栽，他说："老师，您好好养它，我有时间就回来看你和它。"

对待这样一群十一二岁的孩子，不管他们在课堂上如何各种花式"来事"，学期末我都会给每个孩子全优。你想想，拿回家的成绩单里，"道德与法治"这门课竟然得不到A，我的内心不允许。

运动会上看到班里几个男孩在接力赛上飞驰的帅气身影，我会失控地冲他们大喊："拿第一啊，给你们全A。"

还是乖乖承认吧，我真的有点宠溺他们，这些孩子。

作为一名教育工作者，在平凡的职业里，在不羁爱自由的生命里倾注理性、严谨、思考、认真、勤勉、耐心，宽容与爱的熔浆，才能无限拓宽可能的疆域，时时刻刻。

而今天的我，是无数我的总和，包含着那些辛勤劳作时光的每一天，才是每个人真实的命运。

目 录
CONTENTS

第一辑
2022 年 5 月—7 月

去上林的路走了三个月　036
不只语文　043
闪亮的日子　049
像风一样　062
大山里的 18 个孩子　075
陶老师，打脸了　086
好好告别　094

第二辑
2021 年—2022 年

校园修罗场　112
大人物　119
通往幸福的路径　127
大厨　145
2021 年的一些小事　154
迎着风也迎着光　165

第三辑
2018 年—2020 年

- 176　初入江湖
- 184　赶在警察破门之前
- 190　他转身离去的背影
- 198　王一般的存在
- 207　运动会上的"武功秘笈"
- 215　新洲村往事

第四辑
2018 年之前

- 228　顾春风的 1993
- 249　柳老师失踪谜案
- 261　那个春天的美国校园行
- 274　电视台来人了
- 281　有一个女孩
- 291　我的没用与有用

这些我**深爱的生命**,都有一张因为**恣意欢笑**而红扑扑的被汗水浸润的脸庞,教室里也因为**孩子们**的欢腾而弥漫着一股挥之不去的汗酸气味,我沉浸其中,**亲昵又惘然**。

第一辑

2022年5月—7月

去上林的路走了三个月

此刻，坐在酒店的床上，夜已经深了，却丝毫没有睡意，好像还不太能相信，已经身在上林。当人生中不确定性太多的时候，我会时时处在怀疑之中。

上林是广西南宁的一个县。

这个春季，我的支教之旅，将从这里开始。

是的，虽然时节已是立夏，但我们这一批，仍属于春季学期的老师。

原本该在二月出发的，新冠肺炎疫情席卷，将一个学期的支教生活，缩减了一半，等到深圳网课结束，正常复学了，我在放不下的等待中，终于意识到，这个学期的支教生活只怕是要黄。就像失恋的人，很长时间都会心存某种不切实际的幻觉：他可能幡然醒悟重新爱上自己，明天就出现在眼前，可以回到从前。当然，最终的失望也是难免的，从来都是爱走了，就再不会回来。

时日倏忽来到四月底，只好将那颗牵牵挂挂存着侥幸的心，左塞右按地去归位，面对家中客厅沙发边的大片空地上摆满了的行李箱和纸盒子再不能自欺欺人、视而不见，犹豫了又犹豫，毕竟是四月底了，我望着这些一个寒假清理出来的家什物件，只好说对不起，思量着可能要到秋天才有机会用上了，毕竟疫情之下，奥运会、青运会、亚运会都能延期的延期，取消的取消，支教这件事，大约，就更不是谁能说了算的，尽管在我的内心里，支教这件事，比所有运动会加起来都要紧。

于是，极不情愿地，收的收拣的拣，到底将客厅的那一角清空了。也将我的梦想，收进了笼子里。

每天如常地为工作生活奔波，仍旧是兴致勃勃的，事情都是这样的，只要放下来，心就不乱了。

然后，真够狠的，两只靴子一起落地，通知来得毋庸置疑：5月7号出发。

曾经有过丰富支教经验的"前辈"问我，心情怎样？我回应"相当复杂"。大约人年纪大了，比较害怕反复吧，心里受不了太频繁的冲击。当然，也可以说，人年纪大了，就不太害怕反复了，见怪不怪嘛。

眼见着，那些箱子袋子盒子，又像山上的蘑菇一般，在我家客厅沙发边的空地上连夜冒出来，长势喜人，很快有了漫山遍野之势。

出门前清行李，跟写文章前的感觉特别像，你会困顿于太想整理至增一分则多、减一分则少的尽善尽美境界，而将时间有限的准备过程演变成一场混乱的前奏。

太过在意带来的后果就是，早上出门，还在担心，那本书带了吗？数据线在包里吧？只是，车一上高速，那些担心也就被抛在了脑后，因为，回不了头。在一些际遇里，我们会明白，有时候有回头路未必是好事，少了就少了吧，缺了就缺了吧，谁不是带着浑身的缺陷与瑕疵生活在这世间的，完美最无趣。

不知是因为出发时间早还是因为疫情让大家都减少外出的缘故，在经过广州的绕城高速后，路上的车辆变得异常稀少，路上的风景便被无限地放大了。

路牌上有些陌生又奇怪的地名会让人念念不忘：盐布、里水、院主、禄步、乐城、寺山、蒙村、石芽，还有一些隧道的名字，岜碍隧道、弄律隧道，实在难以理解时，我就怀疑是不是壮语的音译，广西不是壮族的聚居地嘛。

在广东地界，空荡荡的公路尽头，群山的线条柔美舒

进入广西境内,山形变得嶙峋

展,连绵隽永,如梦如幻,如古意的淡墨山水。而车入梧州过武宣之后,雨一阵大一阵小,雨雾里,那山,也渐嶙峋,渐突兀,像巨型盆景长在一片片碧绿的稻田里,嗯,回想记忆中的桂林阳朔,这很广西。

偶尔,一辆重型货车,货物堆得高高的,在前面尽速狂飙。车轮带起雨水如风如雾,将整个车身都裹挟在腾云驾雾般的白茫茫里,每次超车时,我望一眼驾驶座上面目光灼灼

看到上林路标了

的司机,猜想他会不会觉得自己在飞。

　　进入上林县城后,司机将车速降到最低,我打开车窗,张望外面的世界,这里,离深圳700多公里,路边也开着玫红色的羊蹄甲和火红的九重葛。直到喜来路的转角,一树烂漫的粉花压绿叶,我疾呼停车,天阴沉沉的,下着小雨,却难掩她惊人的美。我站在树前,久久呆望。

　　外面传来阵阵清晰的雨声,落在异常安静的夜里,这县

上林县喜来路上的一株花树

城的雨夜。或许，我应该在这般晦暗不明的下雨的夜晚，进入上林县城的，就像真实地走进贾樟柯的电影镜头。

忍不住从床上起身，撩开酒店房间的窗帘，望向眼前的小街。

街对面的另一家小酒店的霓虹店名在街面水迹里印出点点红艳，旁边那栋房屋黑乎乎的窗口，让我想起许多年前的一个五月，在江西萍乡的一个夜晚，年轻的我们睡在一个铺开了有十多张床的房间里，深夜，也是这样下着雨，大家趴在长长的破旧窗台上，看着对面无人的房屋，一个个黑漆漆的窗口，玻璃残破，于我，有一种暗夜魅惑的美，就像我现在看到的窗外，那种小县城里，独有的美。

从深圳到上林，这一路，走了三个月，阿赫玛托娃在诗里写着：*你迟到了许多年/可我依然为你的到来而高兴。*

魂牵梦绕的几个月跟许多年前相比，我只有惭愧。

终于抵达，像某种，我未知的，不管是好是坏，是悲是喜，都是崭新的生活。

不只语文

走进教室，站在讲台上，虽然可能只过去了两三秒，但，我觉得时间如此漫长，如走过了几十年，是的，就有这么长。

坐在下面的近50个壮族孩子，他们看着我，眼神里有期待，有不解，有茫然，也有平静如水，还有一些笑意、一些疑问，可能还有一些漠然。频繁地更换老师，对这里的孩子来讲，简直是再自然不过的事情，谁进了教室就谁上课。

至于上课的内容，当然，那些课表上的音乐美术都可能被上成语文课，也可能被上成数学课或英语课吧。

这里有占地50多亩的校园，有3栋连廊相接的气派教学楼，标准的足球场和令人羡慕的多个篮球场。每间教室里都有可以直接联网的大电视和不再使用粉笔的白板。就像所有生命都有遗憾，这里，欠缺的是专业教师的加持。

于是，就有了教语文的音乐老师，教数学的美术老师，协助去做资料整理的电教老师。我所在的那间6个人的小办公室里，大家除了午餐后有短暂的时间能聊个10分钟的天，其他时间，都是跑着过的。

跑着进教室，跑着上厕所。每个人，都不容易。

昨天上午，我去参加备课会，数学蒙老师就得包班；今天换作她参加备课会，我就得大揽。

我并不太担心自己出过状况的腰和膝盖，唯一没把握的是嗓子。

谁不知道那么多学医的、学理工的、当警察的、做公务员的，最后竟成了大文豪，所以，在人们印象中，语文老师也许是最容易当的。于是，学校无论教什么科目的老师都有可能被派去做语文老师。

其实，语文也是最难教的，你会写作、你理解力强、你读书多，并不意味着就可以将语文课上好。

就像前一阵子深圳的朋友吐槽，学校新来的数学系研究生，把她一年级的女儿教糊涂了，简单的逻辑被老师整得无比复杂，让她只想喊救命。

支教第一天的上班路上

我的第一节课，开始了。

学生跟我说要打开墙上的红色电闸，那是连接网络的。

学生说"老师你不用跳起来去点那个叉"，小韦同学冲动地上了讲台，从我的课本和备课纸下翻出可以触屏的教鞭。

"老师，把PPT全屏吧。"

讲完一个话题后，我发现还有一张PPT没有放，要放的那张PPT突然找不见了，一会儿又跑出来了。

哦，忘了写板书。

呃，这个字写得太潦草了，得重写一遍。

只有一个孩子举手,只有三个孩子举手。

啊,漏了一个环节,用语言打个补丁吧。

你看,虽然我漏洞频出,但,所有的孩子,脸上都保持着善意又体谅的笑容,努力跟着我不时混乱的节奏。他们的宽容让我有些汗颜,要知道,对待孩子的错误,我们常常是苛刻的。

每一个课间,我会小跑着回一趟办公室,喝口水,定定神,理理思路。

用了三节课的时间,好歹把两节课的内容讲完了。只觉得脑袋嗡嗡响,好像在高海拔地区跋山涉水终于抵达了一处凉亭,可以歇歇脚。

余光瞄见蒙老师的身影在教室窗口一晃而过,我知道,下一节课,我会被她搭救。

放下书本教材,才想起什么似的,百米冲刺往遥远的走廊尽头的厕所奔去。

而这,将是接下来的常态。我了解自己,会很快地适应的。

正在电脑上整理明天上课的资源,一阵不妙的感觉袭来——好饿。早上知道今天是场硬仗,还特意吃得饱饱才出门的,没想到11点钟就饿得发虚了。

好在,第四节课只有30分钟。很快,体贴的蒙老师就派学生过来拯救饥饿中的我了,"陶老师,开饭了"。

玉米粒炒肉末、萝卜丝肉片，还有生菜，色与香不足，滋味也寡淡，可此时，再普通的饭菜也吃得好香。

常常，我觉得自己是喜欢生命中的这份素朴与简单的。

办公室里的几个老师打了饭在桌上，却来不及吃，她们纠正着彼此的动作，跟着视频学做广播操，据说很快就有一个广播操的专项检查。

每天下午的第四节课，班主任们就会背上"小蜜蜂"（一种扩音设备）把学生领到空地去，一遍遍地练习广播操。整个校园内，广播操的音乐此起彼伏。

身兼数职忙里忙外的老师们，脸上笑容依旧平和。因为这就是他们工作的常态。

一边吃午餐，一边在网上搜美术课所需的资料，因为，明天我就有一节美术课。

前日拿到课程表，发现除了语文科目之外，居然还同时兼着这个班的美术、音乐、心理健康法治教育、中华传统文化、科技文体活动等共计6个门类的课程，转瞬间半壁江山已握在手的豪迈，让我有点惶恐。

当然，校长和主任们都微笑着安慰我："课程虽然多些，却可以灵活机动地操作，我们的学生也都明白，没有足够的专业教师，大家都是这么兼课的，你多上些阅读课或者讲讲故事、写写作业，都行的。"

作为同行，她们无可奈何的言外之意我怎么会不明白呢。可，热衷歌剧、舞剧、爵士乐、百老汇、演唱会的我，还是打算好好上上音乐课的。既然朝圣过那么多令人叹为观止的美术馆、博物馆，就应该让孩子们能欣赏到一些真正美的作品才是。

再说，还有那么多动人的影片，还有那么多天才们写就的书籍——因缘际会让我获得了某种天赐良机，能与这些孩子一起，为他们打开一个神秘又美妙的世界。

昨日傍晚时分，深圳的同事们爱心接力，将为大丰镇的孩子们准备的丰富教学资源逐一下载拷贝，打包快递——硬盘正在火速赶往上林的路途中。

一同来支教的陈老师，是位优秀的音乐教师，她热情相助，替我把今生的第一节音乐课上了。可现在，我焦虑的是，明天下午的那节美术课，讲点什么才不算辜负呢？

记得在今天课堂上，那个穿着跟年龄不相称的宽大西服的男孩在用"背负"造句时，他说："爸爸出去打工，他背负着全家人的希望。"

看着眼前这一群孩子，对这样一段难得的岁月，我突然感到了一种幸运。

关于美术课，我隐约有了答案。

闪亮的日子

这次检测，小志又没及格。

我接手这个班时，看到上个单元的检测成绩，他在不及格名单里。

没想到，第七单元练习卷批阅完，一算分，他还是不及格。

他不开心。

我比他，更不开心。

人，就是这样的，一旦有了私心，就难免多几分在意。

作为半道加入这个班级的新人，我是幸运的，搭班老师人好心善，不停为我补台，学生也都乖巧懂事，孩子就是这

雨中上学的孩子穿过大片玉米地

样的，只需要几天时间，就会开始跟你亲密。

　　只是，坐在第一排的，瘦瘦的小个子小志却格外的不同。他是顽皮的孩子，上课管东管西，好像在拼尽全力帮我维持课堂秩序，一会儿叫这个安静，一会儿喊一嗓子："没看见陶老师来了吗？"可是，我看他管别人时那焦急模样总会在心里暗笑：他最管不住的，就是自己了。

　　三分钟热度的人，那三分钟里他能把自己点燃，然后，心思就不知去了哪里。

只要盯他一眼，就又立刻腰背笔直端正一个给你看，就是给你看的。

我的眼神一旦从他身上移开，他便故态萌发。我知道，这样的孩子，是因为从小没有养成好的习惯。

记得那天是周三，我进教室去取遗漏在讲台上的硬盘，他突然大声地冲我喊一嗓子："陶老师，我是真的爱你，我真的太爱你了。"

是那种，我渐渐熟悉的上林口音普通话。

他当然是在调皮，我瞪他一眼，自嘲地笑着离开。

大约他见我的反应并不热烈，于是，只要瞅着空就开始套近乎，"陶老师，我真的太爱你了"。

那日，应该是眼保健操结束了，我下课准备离开，随口回了一句："我也爱你呀。"

小志大约万万没料到，惊在座位上，半天没反应过来。倒是其他同学笑着提醒他："陶老师说也爱你啊。"

之后，他就再没有大呼小叫地说"爱"了。只偶尔会悄悄走上讲台来小声说。

我心里存着一个希望，在这个学期剩余的一个多月时间里，能让他的检测及格一次。特别想让他及格一次，比他还想。

孩子们在做眼保健操

三楼走道，学校的大喇叭里正播放着眼保健操的音乐。熟悉的旋律与节奏，那是深圳早就不再使用的一套旧版本，估计是出于卫生的考量，因为要把未清洗的手放在头、脸的各个穴位上。

五年级的这一层楼里，有一个二年级的班级夹在里面，显得格外吃亏，每次下课，人高马大的值日生哥哥姐姐都盯着这个低年级班级。班主任来我们办公室投诉几次了，说五年级的值日生欺负人，不敢管自己年级的大孩子，成天围着他们班的小孩子，把他们吓得战战兢兢的。

我经过他们班，一群小萝卜头，看着真小，满脸稚嫩，那个嗓音清亮的年轻漂亮班主任在训话："有的同学，就想着偷懒，要知道噢，做眼保健操保护的是你的眼睛，又不是我的。"

"哈哈哈"，我笑着走过长长的走廊，哪一个老师在看学生做眼保健操时没有说过这句话呢？

我的老师说过这句话，我也说过，也许，这些孩子长大了，做了老师还是会说这句话，这真的是一句无比正确的废话啊。那些有模有样做着眼保健操的孩子，哪个不是被迫服从？哪个不是担心被值日生扣分，才假装乖乖的呢？

小孩子从来不会觉得眼保健操是为自己做的，岂止眼保健操，广播操也是，很明显是在为老师而做呀。

我们是大丰镇拥有2000多名学生的大学校，统共只有5位体育老师，他们的课，一半是语文、数学老师分担，另一半，因为各种各样的原因，也上不了，于是，在办公室里经常会有这样的对话："这节体育能上吗？""不能哟，体育老师在带毽球队训练，要拍视频。""不行呀，体育老师今天……"

于是，老师们都好脾气地，理所应当地进了教室。

头一周我还纠结这个课怎么能上成语文或数学，那个课怎么能不上？现在，我已经懂事了，没有为什么，教室里总得有人。

就像我正上着课，是很不乐意班上的学生一听到"高音喇叭"召唤就自然而然地走出教室去的。好像谁都可以把我的学生从教室里带走，于是，一再跟他们强调"陶老师的课，谁都不许走"。可胳膊扭不过大腿、螳臂挡车呀，现在，我懂事了，"去吧去吧，忙完就快一点回来哈"。

前日我在做课堂检测，蒙老师举着电话进来叫一个学生："覃主任说你的书法作业没交？都急着要搞展示了，你还不快去。"

就这么眼睁睁地，看着那个眼睛圆溜溜、胖乎乎的男孩放下手中的练习卷，从我眼皮底下出了门。

全班学生都在等待我的反应，他们觉得我必须有反应，但，我懂事了，只是笑笑，说："看我干啥？你们做你们的，抓紧时间，别不够时间写后面的大作文咯。"

学生们也没想到陶老师反水得如此不着痕迹、毫无底线，都无趣地低下头去，奋笔疾书。

这段时间，蒙老师实在是太辛苦了。当着班主任，教数学，却天天干着体育老师的活：每个下午带学生下楼练广播操。上级要检查广播体操，学校决定先自己搞一轮比赛。

放在常态下,学生做一套标准的广播体操简直天经地义,新生一入学,体育老师就开始教广播体操,现在都到第几套了?我也不记得了,越来越难学倒是真的,记得我们小时候的广播体操,很容易做到整齐划一,后来的,似乎逐渐掉进"在广播体操中追求自由"的彀中,动作没准头,万难做得齐整一致。

但广播体操就是最有代表性的集体项目,跟团体操似的,以整齐为终极目标。

这真难为没正经上过几天体育课的孩子们了,更难为了他们的班主任。

于是,"蒙老师"们,每天下午拎着扩音设备亲自"下海",雨天就在走廊或大厅里练习,还要提前去占位置。这个五月,雨下得没完没了,每一个上林人都告诉我,以往这个时候,不是这样下雨的。

晴天,很难得,像今天下午这样的阳光明媚,蒙老师就带着学生在教学楼之间的空地上练习,一练就是一整个下午,教动作,教队列,应该由体育老师教的,她全教。

她似乎也从来没有指望过得到任何一个体育老师的专业指导,到底也是指望不上的。那些口令左转右转,每一节广播操的名称、动作要领,都被她仔细地记在笔记本上,有空就拿出来温习,在办公室琢磨。

训练途中,蒙老师上楼来喝口水,我看见她的脸,被汗

在校园里看雨中大明山

057

校园十二时辰

2022年5月—7月

水浸泡又被紫外线照射得太久，红彤彤的，不了解的会以为她是刚刚完成了一趟穿越戈壁的越野赛或马拉松的女铁人。

心有戚戚，我主动请缨帮她看晚自习。

她大喘气，声音沙哑着说："晚自习不累，等下还要带学生们去熟悉明天比赛的场地。"

记得刚来的那几天，我自觉很是辛苦，现在，"辛苦"二字根本说不出口。不管怎样，我仍有可能是最不辛苦的那一个。

语文课本第七单元的习作是《中国的世界文化遗产》。进教室一了解，五年级的孩子们，去过北京的只有四个人，其他那些名胜古迹，听都没听过。

找来纪录片《故宫》和《敦煌莫高窟》给他们看，还有各类图片。那两节课，没什么好设计的，我一个人，哑着嗓子全包。

叫孩子们回去搜集资料也是一句空话，没几个孩子家中有电脑，所以，沉迷手机的学生特别多，玩手机所带来的问题也很让老师和父母头疼。

作文还是得按要求布置下去呀，内心的忐忑不断在发酵：不知道他们会交一篇怎样的作文给我。

结果，作文交上来，除了几个学习极困难的孩子，其他人的，都太过漂亮了。

漂亮得看一眼就知道不是他们自己写的，而是来自教辅书上的写手们。

援桂的"前辈"说上林的书店里卖的都是教辅资料。我的学生，就是人手一本教辅资料坐在我的教室里的，回答问题之前先在教辅书上找到标准答案。

我问九班的音乐老师刘老师，不对，她是学音乐的，但现在她教语文，我问道："这样的作文，我们应该怎么批改？"

刘老师笑着说："陶老师，人家认认真真抄写给你就不错了，你还想要怎么样呢？"

"哦哦，我明白了。"于是，我欣赏着学生们的美文，那些用词，如此华丽，如此准确，那些修辞手法，拟人、排比、比喻信手拈来，那些悠悠古迹，让我来写，也未必能比他们更到位。

只要心中释然了，就没什么障碍，喜滋滋地读着，夸奖赞赏的话拿红笔写下去，要知道，哪个孩子又容易呢。

批改作文时我嘀咕着说："又有几个学生没交作业，等下得去催。"

负责任的蒙老师已经冲进教室去了，回来告诉我，她是这么教育学生的："陶老师是深圳来的，你们不交作业，到时候，陶老师回去了，跟她的同事们说上林的学生怎么这么不像样，那你们不但丢了班级的脸、大丰镇的脸，可以说我们上林甚至南宁的脸都让你们丢了。"

我被这一番言辞吓了一跳，连声说道："不至于不至于，哪里的学生都有不交作业的，深圳的也一样。"

未曾想，效果极佳，第二天，全班无一人缺交。

真的，我感叹，其实，孩子们，更懂事些。

"为什么？我总是差3分，差3分就及格了。"

个头高高扎着低马尾的小馨一遍遍问天问地，下课后已经在教室门口排队打饭了，她仍是一脸的遗憾和沮丧。这个女孩，喜欢穿宽松的T恤，皮肤白皙，爱笑，有一张比同龄人成熟的脸，但，行事又还是小学生的风格，毛毛躁躁孩子气，上课走神是常事。

我收了教鞭把书本送回办公室，拿了饭盒自觉排在打饭队伍的队尾。蒙老师熟练地操作着大铁勺子，从三个桶中打出分量合适的三样菜，有荤有素，米饭搁在门边的桌子上，学生自己去盛。

我看一眼在座位上吃得差不多了的小馨，说："你吃完了到我办公室来，我告诉你怎么拿到那3分。"

小馨的眼中冒出了星星，大声应我："好的，陶老师。"

她的问题，当然不可能短时间内得到解决，但起码，得让她知道自己的问题在哪里啊。

大量的错别字，她简直就是一个错别字姑娘呀，从识字开始就没有得到纠正，现在重头认字当然很难，但，现在却仍是她一生中最早的一天，还来得及。

字词未过关的小孩，做起阅读来，那还不是全线失守？后面的大作文也跟着覆没。

她点着头，说："陶老师，我知道了。"

"知道了之后呢？"

"上课专心，认真写字，不写错别字。"她脸上那种笑嘻嘻的表情没有了，像在做某种重要决定。

在上林，不管是在小镇上或在学校里，我都有一种强烈的穿越了时空的幻觉，这大约就是人们所说的用空间换得了时间。

只不过是700多公里的距离，而生命似乎一夜间回到30年前，身处那令人怀念的20世纪80年代。

仿佛刚刚走上讲台，一切都还是新的，教学生涯初起步，人生才开始，欢歌曼舞，有笑有泪，爱着，憧憬着，未来，还在遥远的远方。

而这个五月，带着命运中所有的经历，回到记忆中的原点，这样的梦，每一天都是闪亮的日子，美得不想醒。

像风一样

临近放学，值周行政又在大喇叭里小结今天的一日常规，他表扬了几个年级的午间读书情况良好，很委婉地批评了我们五年级的个别班级。可能是今天过节太兴奋了，午读时间都在班级里准备节日活动，没有正常午读。

我刚从教室的活动现场撤下来，坐在办公室的椅子上大喘气，听到这里真的就笑出声来了，过"六一"儿童节都不兴奋的人，那什么时候才能兴奋起来呢？整个下午我们班的孩子都在疯狂亢奋中庆祝属于自己的节日，下午的四节课都被我全部薅住，还需要做个午读的样子吗？完全不需要。

而且，我觉得我们班的孩子，比起午读，绝对是赚到了。

早早地，我就开始打听学校"六一"会怎么安排，得到的答案却是："六一"不放假，整个县城的小学，都不放假。

在我长久的记忆中，6月1日这一天，都是让孩子们回家跟父母去花式过节的，学校的庆祝活动一般放在5月31日，上午会安排校级的文艺表演，下午各年级各班级游园或做一些美食类的庆祝专题。一个属于孩子的节日，花两天时间来庆祝，当然不算多。

可是，县城有县城的难题。这里的学生，不少是家中只有老人的留守儿童，要不就是父母忙于生计无暇顾及孩子。广西六月的天气暑热多雨，如果放假任学生自己去玩，在水系丰富的上林地区，很有可能发生溺亡事故，我来学校这一个月，每天中午学生入校时广播里播放的就是改编自《隐形的翅膀》的防溺水歌曲。

我这个人，有一个毛病，日子一来到五月下旬，我就隐隐地开始兴奋，一如当年，得知恋人已经在来的路上，便会坐立不安，神思恍惚，无心工作，体内某项激素指标暗自蹭蹭升高，完全不由自己掌控。

是的，就是要过"六一"了。我的"六一综合征"要犯了。

这个毛病要治愈很简单,像孩子一样玩一天,就好了,不留任何后遗症,一天保一年。至于是否放假,一点也不重要。

上周,我又怯怯地在办公室问:"欸,'六一'我们搞什么活动?"

"学校不搞活动的,照常上课。"

"'六一'耶?"我语气迟疑,无法置信,"'六一'正常上课?"

"嗯。"大家给了一个肯定的回应后,都不想再纠缠这个话题,似乎没什么好聊的。

可是,可是我不行啊,憋了一年了,就靠这一天呢。

于是,我暗戳戳地开始了小动作。

"方老师,你周三那天下午的第一节英语课给我吧。"

"蒙老师,你周三那天下午第三节数学课让我去上吧。"

学生那里,也得打个预防针啊,我和孩子们说:"呃,你们自己排练几个小节目吧?'六一'我们活动一下。"

小孩子,灵光得很,立刻心领神会。

"陶老师,我们班'六一'是要搞活动?"

"你会带我们玩,是吗?"

"可以带零食吗？可以带手机吗？"

一不小心，就被他们堵在走廊上，问东问西，脱不了身。

我是新老师啊，新人总难免有所禁忌，小心驶得万年船不是？于是，含含糊糊，支支吾吾，完全失去了我引以为傲的干脆利索做派，连学生也开始嫌弃我磨磨蹭蹭。

直到5月31日的上午，终于收到确切的消息，"六一"儿童节下午可以在班级搞活动，学校不组织。

我简直要从座位上蹦起来——早就受够了想好好过一个自己节日的孩子们的围追堵截。

铃声响了，我激动地冲进教室，语文课。

压抑着那份狂喜，好歹熬过35分钟，下课之前大声宣布："明天下午，我们搞'六一'儿童节游园活动！"

当然，学生们就炸裂了，踏着下课的铃声呼啦围上讲台，简直能把人抬起来，问题铺天盖地。

有个男孩说他周五过生日，可不可以明天带生日蛋糕来学校跟同学们一起吃。

"哦哦，"我赶紧摆正自己的位置，"我先问过蒙老师，再答复你。"

蒙老师竟然同意了。

办公室的老师们就这个生日蛋糕议论了一番，大家都很开心，毕竟，难得的生日蛋糕啊。

我们一起吹气球

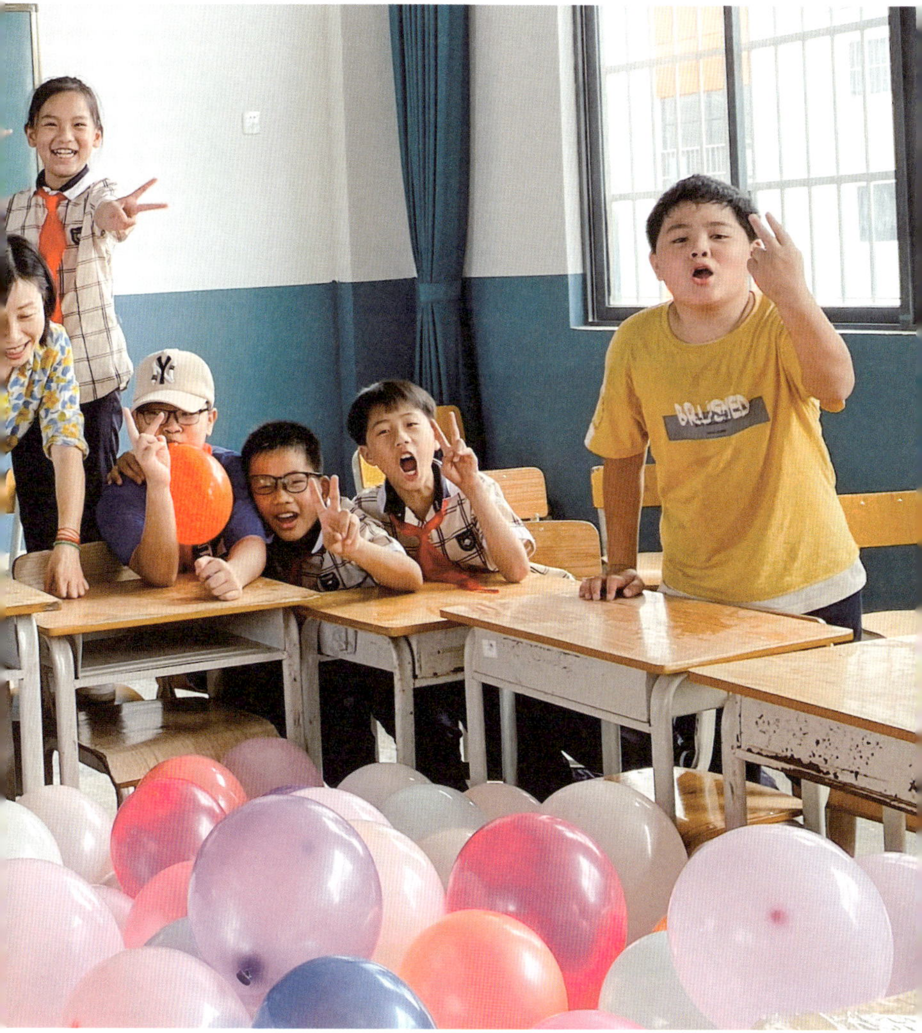

于是，下班时间到了也不肯走。

"学校有鼓吗？"

"有，大队部就有。"

"哦哦，那'盲人敲鼓'有着落了。"我提醒自己明天一早要记得让学生去把鼓取来，如果搞活动的班级多（其实我想多了），去晚了说不定鼓都被拿完了。

负责大队部工作的伍老师就在我们办公室，她说家里有绸子花儿，明天带来，借我用作"击鼓传花"。

再来一个"你比我猜"，应该就差不多了。

9班年轻漂亮的刘老师把"你比我猜"的内容多打印了一份，我只需要裁剪一下就行。

蒙老师问："那'盲人敲鼓'用什么来遮住眼睛呢？"看来蒙老师是真的没有玩过游戏。我安慰她："你放心，我有手帕。"她可能没想到，我甚至细分了一条蓝色印染的手帕作为男生专用，一条红色格纹手帕作为女生专用。

学生最关心的，仍是可不可以带吃的，哈哈哈，中国式过节，永远的食为天。

最后，我交代孩子们明天要装饰教室，多带些彩带气球来。

唯一后悔的，就是没有提前在网上订一些彩带和烘托气氛的装饰物。早晨，孩子们拿来的，就只有一袋一袋的气球。

气球就气球吧。因地制宜，因陋就简，我最会了。

在我们五年级10班旁的那间空置教室里，孩子们聪明地将里面凌乱的课桌椅围成一个空间，在空间里面堆放他们合力吹起来的气球。他们有打气筒，可是，我几次进去看，发现他们对吹气球很享受，红的、绿的、紫的、粉的、蓝的、白的气球，煞是好看。

远在深圳的美术老师为我提供了几份庆"六一"的黑板报图片，打印出来，由蒙老师交给班里绘画最好的梓涵，这个上课从未开过口，永远安静、永远用小鹿般略带惊恐的眼

班里绘画最好的梓涵负责"六一"的黑板报

睛看人的女孩，完美地呈现了美术老师的意图，那幅黑板画堪称完美，在我一遍遍的赞叹中，小姑娘终于笑了。到中午放学前我去看他们吹气球的战果时，她倚在我身边，紧紧靠着，要与我合影，我顺手搂过她。

是的，这样的惊喜时刻，只可能发生在活动中，课堂上很难获得。

中午我在办公室里借了刘老师的简易折叠床躺靠片刻，一边在脑海里过着下午的流程，一边听校园里的动静——孩子们进校了。

他们带来了红色的尼龙绳，我将花花绿绿的气球在绳子上扎绑成一串，一头系在前门的把手上，一头连着后门，这样，全校就只有我们班在门外发出了过节的信号：不要来查午读不要来检查眼保健操，让我们放肆半天吧。

长串的五彩气球随着微风轻轻起伏飘动，像极了我和孩子们一样悸动的内心。

另扎绑了两串气球，把它们别在后面黑板的两个角缝里，虽然是粗糙的一点装饰，但我知道，对这些孩子们来说，已经很带劲了。

男孩子们是活动的积极分子。女孩子，除了平时活泼的一两个，其他的，都是默默地坐着，或者被别人的滑稽样子逗笑。我卖力地调动，她们仍是不愿意走进教室中央的空地参与任何一项游戏。

"击鼓传花"上来的几个孩子，表演的全是背诵一首曾经学过的古诗，连最调皮的小志上来，小身板也同样站得笔直，规规矩矩背一首《四时田园杂兴》。

说话总像含着糖的炳全，来了一段扭扭的舞，不知是在哪里看过的霹雳还是迪斯科，倒意外将活动推向了高潮，太难得了。我赶紧找了音乐，让他再扭扭，蒙老师立刻开始用手机录像。

记得前几天我提醒学生们要准备几个节目，唱歌、跳舞、相声、朗诵啊，有几个女孩就在嘀咕："老师，我们没有任何才艺。"

站在教室里把握着节奏推动情绪的我，突然有点伤感，这些孩子，就这样长大了，世界上那么多美好的东西，他们从未接触过从未见过从未听说过，而很久以后，他们可能也将这样地老去，仿佛世界在他们眼中的样子就这么点大。

最后半个小时的自由活动时间里，孩子们挤着要一起拍照，笑容总是最灿烂的昕玲大喊着："陶老师我要跟你一起拍照，是单独跟你照。"

结果，单独照最后还是变成了大合照。

所有的照片，都只能用手机来拍，并且都出自孩子们的

快乐的"六一"

手,没有一部高清的相机来记录他们的成长,好像这一天天的长高长大并不值得记录,我后悔临走时,放下了行囊中的那部单反相机。

程浩永远紧紧地黏在我身旁,那份亲昵,我深知。

他一会儿往我手里塞一颗彩色棉花糖,一会儿打开一小袋红、粉、黄、白、绿的糖豆,让我一定要吃一粒,不拿一粒放进嘴里他就站在你面前不离开，不管被其他孩子怎么推搡。

记得五月第一天来上课，同学报告说程浩带了激光笔来，我提醒他收好，不要拿出来玩。结果，同学对我的处理结果不满意，很快报告到班主任蒙老师那里，蒙老师亲自进教室收了他的激光笔，那一刻，我看他反应激烈，很不好管教的样子。

某天，值日生在眼保健操时间来检查班级卫生，有同学脚下掉了一块纸片，被扣了分。后来，班主任就安排了程浩，每次眼保健操音乐一响，起身巡查教室的角角落落，捡起学生偶尔遗落的小片垃圾。他很负责任，音乐一起，就离位认真地查看着地面，不时蹲下捡起什么抓在手里，扔进垃圾桶，再坐回去摘了眼镜开始做眼保健操。

我悄声提醒他每次捡了垃圾先去洗个手，陶老师在洗手盆旁边放了洗手液，洗干净手再来做眼保健操。

从此，成绩几乎垫底的他，在我面前开始变得像个依赖人的幼童，追着你问一些不知如何回答的问题，随时出现在你面前，在走廊上等着你走过，只为叫你一声，叽叽咕咕说些话。

此刻，每个孩子，这些我深爱的生命，都有一张因为恣意欢笑而红扑扑的被汗水浸润的脸庞，教室里也因为孩子们的欢腾而弥漫着一股挥之不去的汗酸气味，我沉浸其中，亲昵又惘然。

我希望他们永远不会忘记，就算长成了大人，就算命运不够友好，生活依旧艰辛，也依然能记得，自己曾经有过真实欢乐的"六一"儿童节，曾经也是一个小小孩子，无邪又无忧。

一切终将逝去，好在，今天，我们拥有像风一样的快乐时光。

孩子们，以及曾经是小孩子的大人们，节日快乐。

大山里的18个孩子

前往佛子村的清晨，乌云低沉，天色晦暗，眼看着一场大雨即将落下。广西的雨季，就是实实在在一天又一天的雨，雨，雨。

刚转入009乡道，雨，开始噼啪敲砸车的挡风玻璃，下在天地间的雨，像缠绵的感情难舍难分。

来上林近一个月了，轻纱遮苍山，玉带绕青峰，山涧连碧水的景色，根本不必找寻，就是上林的山山水水，角角落落，可是，行驶在乡间小道上，还是感受到了不一样。

身在山中，道路狭窄，仅容一车通行，而路两旁的草木、庄稼、农作物，茂盛处纷纷探出绿色的枝杈密叶，蹭着

前往佛子村的路上

车身沙沙作响。在迎面而来的一座座如巨石披翠的大山间，我自以为只要不在小路上会车，抵达目的地是不难的。

直到，一长段不能称为道路的坑洼山石道上，小池塘似的巨大水坑赫然将道路截断，我踩住刹车，心中一惊：这，就是传说中的"只能原路折返"吗？

不能够啊，我内心抗议着，请了半天假，下午要补上两节课，就为了去看看办公室老师所说的真正的乡村学校，与

一路风景如画

那里的孩子们一起学一首诗歌。

雨一直在下,坑里的水只会越来越多,云层诡谲变幻,正酝酿一场滂沱的大雨。等待不能解决问题,我犹豫要不要下车去,朝水池里砸个石头试探深浅。

对面,天降神兵一般,出现了一辆大众小车,它似乎对这个大水坑了然,未作停留缓缓往水中驶去,到达水坑最深处,刚好没过车轮——它顺利上岸离开。

于是，我也涉水上岸了。

之后，尽管山路崎岖，加上暴雨来袭，我和同行的陈老师还是如期抵达了佛子村的龙贵教学点。

在上林县的大丰镇，上下班的路途中，教学楼走廊的尽头，远远地，都会望见连绵的大山，你知道，山在那里。

而此刻，身处同为上林县的镇圩瑶族乡的龙贵教学点，不管是站在小操场上，还是苏老师三楼的办公室里，你会看见，山，就矗立在眼前，仿佛只要伸出手，指尖就能触摸到山的身体，而只要一阵狂风吹来，山就会朝你倾倒。

当然，这里并不能称为学校，只能叫作"教学点"——它只有两位老师，中年的苏老师，和年纪大一点的罗老师。

还有，18名学生，其中一年级8个孩子，二年级10个孩子。

这，就是龙贵教学点的全部。

我们的到来，如一阵微风吹皱了平静的湖面，小朋友们特别兴奋，跟在老师身后，呼啦啦地离开座位，趴在窗台和教室门边张望，好奇又胆怯，新鲜又紧张。

虽然网购的文具因为快递太慢给耽搁了，好在，糖果却是足够的，我和陈老师分头进教室，给孩子们分发糖果，他们都乖乖地坐回到座位上，接过糖果时小声地说着谢谢。

苏老师邀请我们去楼上办公室坐坐，给孩子们一个长课间。

龙贵教学点看到的山都在眼前

这里的自由，肉眼可见。这里的不自由，也一样：一个老师一个班，包一天。

从三楼办公室的窗户看出去，校园的后面，是1992年的旧校区，去年开办了幼儿园，收了20来个小朋友。

我们身处的新校区是四年前落成的。

说起龙贵教学点的前身，一头白发身形微胖的罗老师很是自豪和怀念，从文件柜里翻出文件夹，找到一沓画面模糊的旧照片来，给我们细细介绍。

罗老师1984年就在佛子村当老师了。如今，他的女儿在我们支教的上林镇中心学校当老师。

龙贵小学的初创时间可以追溯到1939年,距今已有80多年的历史,曾经也是镇圩瑶族乡一间有正规建制的小学。他指着那些20世纪90年代初的照片,主席台上坐满了老师,站在下面的学生有200来人,大合照也显得很有规模。

孩子们课间在旧校区平房前面玩耍的旧照片,仿若隔世,极具年代感:孩子们穿着花花绿绿的衣衫,看得出被打理得干净又整洁,面目亦是活泼无忧的孩童模样。

罗老师给我们看的旧照片

苏老师哀叹："现在，已经没有年轻人愿意来这里。待不住，出门就是山，晚上黑灯瞎火的，来一个走一个，他们害怕。窗外那棵大树，你这样看它好像没什么异样，夜里猫头鹰喜欢落在那树上，叫起来真是怪瘆人的。"

望着一座座近在眼前的山峰，回想早上驱车过来时那险象环生的漫长山路，我沉默了，确实，就算自认不是个胆小的人，就算自认还是一个能吃苦的人，只要稍作想象也就不敢肯定了：深山之中，一个人，空寂的校园，漆黑的夜晚，连绵的雨，世界只剩下植物和山石生长的声音或动物的鸣叫……自己能熬多久？我们未必是害怕什么具体的人或事，而是，那深不见底的孤寂里，只有时间反刍着时间，令人恐惧。

罗老师每天骑电摩托翻过一座山回家，唯一的保安大叔住在学校对面的村子里。

但，苏老师几十年来都是这样过来的，独自住在教学楼上的单间宿舍里，周末才出山回家。

眼前这个瘦瘦的看上去有些文弱的男人，应该是有一颗强大的耐得住绝对寂寞的心脏吧？今天的我，看过一些世界阅过一些人，已经很难被一些形式上的花哨和外表上的威猛所折服，却会暗暗服气那些在不动声色中深爱着、坚守着、不放弃的人。

给二年级的10个孩子指导《祖先的摇篮》朗读时，一个小女孩在座位上抬头冲我大声说:"老师你的声音真好听。"

回报她以最温柔的微笑之后,我清醒地认识到,这未必是在夸赞我,她这么说是因为,从她入学读书开始,就没有机会听一个女老师朗诵这首诗歌。

后来我才知道,这个叫罗芷颖的小女孩跟着爷爷在村里生活,父母离异后,爸爸去南宁打工,两三个月才回来一次,妈妈带着妹妹在镇圩生活。

这个孩子的身世遭遇并不是特例,二年级的10个孩子,绝大多数都是跟着爷爷奶奶生活,父母有的去上海打工,有的去了广东,最近的,也到了南宁、防城港或桂林。

他们都有兄弟姐妹,大一点的,去镇上读书了,更小的,就在家里跟着老人,好像小孩子只要喂饱了,总会自己长大的。

有个叫罗成富的男孩,也是跟着爷爷奶奶和太婆(*奶奶的母亲*)一起生活,父母在广东做烧烤生意,以往放暑假就会去跟爸妈团聚,但是,这个小小的孩子,今天很懂事地告诉我:"七月份放暑假不能去广东了,因为有疫情。"

午餐时间到了,孩子们碗里的饭菜色香味俱全:炒肉片、荷包蛋、炒蕹菜。我们感叹道:"比我们镇中心学校的伙食强太多了。"厨师大姐说:"这里一共只要做20来个人的饭菜,算是小锅菜,炒得好吃不难;你们中心校2000多

远山如黛

人,只能一锅煮,也是没办法。"

叫人欣慰的政府营养午餐,能让最角落、最贫困的孩子都吃饱,吃好,免于挨饿。用餐时,保安大哥用他浓重的方言笑着告诉我们:"我们这些村庄,都是从广东搬来的。"

面对我们的疑惑,苏老师解释说:"教学点周边几个村庄盖的新房子,都是青壮年在广东打工赚了钱回来盖的。"

一些一年级的孩子下课后最喜欢的活动是画画

新屋,只需要钱,就能建成,而一个孩子的长大,仅仅吃饱穿暖是远远不够的。

下课的时候,两个孩子在教室里画画,沉迷在线条和涂色里,并不像其他孩子那样出去追闹。他们的父母也许从来不会知晓自己的孩子是多么地喜欢画画,也不可能为孩子们的兴趣爱好做什么努力。孩子们只能自己想当然地涂涂抹抹,没有更多的可能性。而孩子的人生,最令人难过的,也许就是失去发展的可能性。

孩子们将几张图画作为礼物递交到我们手中，然后开心又害羞地跑开了。我展开那张叫"蓝李欣"的女孩画在田字格上的作品：一栋黄色的小房子，两边种着绿树。她想表达什么呢？我无力探究。

正午，排着路队准备离校的孩子们天真地齐声问我们："老师，你们什么时候再来？还会再来看我们吗？"

这一问，天崩地坼，让所有人都怔住了。

下一秒，我灿烂地笑着，信誓旦旦地说："会的，还会来看你们。"

语气如同恋人掏心掏肺的誓言，但，脑海中那个冷静的声音，却对自己发出一阵可怕而现实的嘲讽。

欺骗是可耻的，但我还是没有忍住，哪怕只为看到他们扭头走出校门时满足的眼神。这大山里的18个孩子，与我们的缘分，也许只此一面。

我安慰自己，好在孩子在8岁之前拥有的都是短时记忆，他们会很快就忘记我们的。虽然，我将永远记得他们。

这世界那么多人，有些一面之缘，于我，也弥足珍贵。

陶老师，打脸了

我愿记录每一个比快乐更真实的尴尬时刻。

进入期末复习阶段后，总觉得时间不够用，于是，偶尔会觊觎蒙老师的课，当然，是她数学之外的课。

但那天，也许是我发现学生做题的错漏太多，脑子有点短路，盯住墙上的课表，对坐在一旁刚进办公室歇口气的蒙老师说："蒙老师，你下一节数学课给我吧。"

然后，我听见一贯善良的她"不怀好意"地哈哈大笑，"陶老师，你这真是七月十四借菜板啊。"

显然，她体谅我不懂广西这边的一些俚语歇后语之类，又认认真真地解释:"七月十四俗称鬼节,家家户户都要杀鸡宰鸭,你这个时候跑去跟别人借菜板,你说人家是借给你呢,还是不借给你呢?"

我抿着嘴,扑过去,作势要打人,却没忍住哈哈大笑。

蒙老师呢,早就笑翻了。

下午的第三节课上起来是有点危险的,广播一响,不是通知搞卫生,就是来了检查,名目繁多,种种不确定。

这不,我刚开始上课,隔壁班的几个女同学突然聚在门外窃窃私语,走进来两个女生悄悄问我:"老师,我们要去搞卫生,可以跟你们班借抹布吗?"

我一听,第一反应竟然是我们班等下也要搞卫生啊,抹布都被借出去了,不行吧。

"哦,"我说,"不行啊,我们班也要搞卫生的。"

女孩们愣了一下,悻悻地转身离开。

半分钟过后,蒙老师和隔壁班的刘老师同时出现在走廊上,她们大约是协商好了,蒙老师走进教室,在靠门边的桌子抽斗里捞出几块抹布,拿出去,递给了被我拒绝的那几个女生。

我此刻的表情,被坐在第一排、平日里说话都不利索,为人憨厚的炳胜尽收眼底,他在座位上,小声却清晰地提醒我:"陶老师,打脸了。"

"哈哈哈！"被他戳穿后我开始放飞自我，完全不在乎"小蜜蜂"的扩音效果了。是啊是啊，啪啪响，陶老师的脸，好痛。

中考前一天，初一的学生要腾出教室来做考场，这一天，是他们难得的空闲时间，有爱的他们都蜂拥回到小学，看望自己的小学老师。

蒙老师又激动又忙乱地向我介绍着把小办公室堵得水泄不通的男孩女孩，办公室的温度噌噌上升。

我们班的孩子们，也跟疯了似的，在门口张望，兴奋得像窥见了两年后的自己。

到下午5点10分，初一的孩子终于纷纷离去，蒙老师因为开心接待而一脸疲累，铃声一响我赶紧说："晚自习我进班吧，正好有复习内容没讲完。"

窗外，走廊上，还站着两个初中生，说是要等着弟妹一起放学回家。

我暗忖——完了。

孩子们的心思，哪里还在手中的课本上，不直接扭头痴痴望向窗外就很给面子了，连平时最听话的孩子，眼神，也都飘忽着。

我只好退一步，说："那就请两位哥哥姐姐坐到教室里来等吧。"

我在上课

请神容易，安神难啊。

虽然学生们在我"看到帅哥美女也应该矜持一点"的调侃中稍有收敛，但这50分钟的晚自习，就算我讲着平日最受欢迎的《三国演义》，他们也一个个心猿意马得直截了当。

5点50分，机灵鬼小志指着电脑时钟，说："陶老师，我们要去冲厕所了，要不然得扣分了。"

放在平时，我又该批评他这"张嘴就来"的毛病，今天，我内心却很感激小志的"插嘴"，迅速松开手中拽得好累的"缰绳"，像获得了某种解脱。唉，老师的魅力，根本不堪一击嘛。

眼保健操已经结束了，我开始担心蒙老师，会不会又要拖堂。最怕的就是她多讲几句，影响学生下课休息、上厕所，主要是，怕影响我的下一节课。

蒙老师是特别认真的数学老师，我也理解一道题没讲完需要占用一点下课时间讲完的重要性，可我更忧心孩子们不能好好进入我的语文课堂。于是，就有了几次，下课时间看她没回办公室，我不得已跑去教室门口"请愿"。

这时，只见蒙老师背着还没来得及关上的"小蜜蜂"就走进办公室，她看着我，若有所思地笑着说："我就怕陶老师一下课就站在班门口，朝我招手提醒我下课了，下课了。"

她学着我的样子，惟妙惟肖。

我也给她气笑了。

学校的图书馆去了两次门都是开着的，没人。我便自己带了纸和笔，一排一排搜索，看到觉得合适的书就记录下来。书，本来就不多，合适的书，实在少得可怜，数量也不足，于是，我踅摸完所有书架，写了两页，十几样，才觉得勉强够了。

前日，见图书管理员在场，我进去，递上我手写的书单，说："老师，我要给我们五年级10班借这些书，麻烦您了。"

她瞥一眼我手上的纸，并不接过去，幽幽地告诉我："不能这样借书。"

"啊？那，怎么借？"

"只能借同一个架子上相连的。"

"但，这些并不适合我的学生啊。"

"那没办法，"她的口气拒人千里之外，"你这样借，把我的书全搞乱了，还回来我都放不回去，我哪有那么多时间。我们学校不能这样借书的。"

我突然明白了她的意思，直接在一个架子上数出50本，再原样摆放回去当然省事，但，不能为了省事就不满足老师和学生的具体要求吧？

我还要再坚持一下，她突然朝我摆摆手，说："你回去吧，你回去吧，派几个学生过来借就行了。"

此时，正好有两个学生进来，图书管理员就不再理会我这个不按套路出牌的人。

迟疑片刻，我打起退堂鼓。本来这些书我就不满意，就不必跟她再无谓地争执下去，让学生来还不是任由她摆布，我还是另想办法吧。

灰溜溜回到办公室,跟同事们说起自己刚才被图书管理员打发了的过程,大家都幸灾乐祸地笑着说:"你现在晓得我们有多难了吧?慢慢适应咯,陶老师。"

我们学校的铃声分两类,周一和其他时间。

周一早上有升旗,当天就没有30分钟大课间。其他四天,按我的理解就应该都是:既然安排有大课间,不管刮风下雨落刀子,大课间的时间就得是固定的,太阳天可以下去做操跑操,下雨下雪天可以在教室或走廊活动。

但,我们学校不是这样的。

有时候我按有大课间的时间在上课,突然,广播铃声又是按周一升旗的铃声响的。

有时周一我按有升旗仪式的时间进教室,结果,响的又是有大课间的铃声。

那天,我刚开场,铃声就响了,下课时间到了。

我站在讲台上叹息:"来了这么久,我还是没搞懂我们学校的铃声,今天明明是周三,为什么又是周一的铃声?"

学生在下面用同情弱者的眼神看着我,用苦口婆心的语气说:"因为今天没有大课间啊。"

"今天为什么就没有大课间?"

"陶老师,早上下了雨,操场上是湿的呀。"——我惊悟，小孩子已经习惯了根据天气自我判断，对混乱的铃声早已习以为常。

他们最大的不确定只有"陶老师，下节课还是你的吗"，或者"陶老师，今天我们能去上体育课吗"。

第一个问题的答案取决于蒙老师和我当天的临时决定，第二个问题的答案，取决于蒙老师和我对孩子是否真正的在意。

我们在办公室不停叨叨："要给孩子上体育课，要给孩子上体育课呀。"

好好告别

日历一直停留在7月3日星期日,那一天的日历语竟然是"忌别离"和歌手理查德·霍利的四句歌词:*有一艘轮船/在深夜出航/有一颗心/破碎在我的胸膛。*

这一天,我完成广西支教任务,离开上林县大丰镇。

六月初,一个极普通的日子里,我在班里收几本迟交的作业,小志在一旁整理讲台,窗外搭着脚手架的建筑发出频密的敲击声,我俩同时抬起头,小志若有所思地说:"学校的宿舍楼马上就要盖好了,陶老师,你下学期就可以住在学校宿舍,不用每天来回跑得这么辛苦。"

我停住手,定在那里,半天接不上话,小志一语点醒了

七月，收成守住了播种时节的许诺——稻子熟了

梦中人：离别的日子，原来已经迫在眉睫，到时候我该如何跟他们说再见？

当然，也可以什么都不说，悄悄地，就走了，不带走一片云彩，就像我以往每次离开曾经的单位时那样，走了就走了，让记住的记住，忘却的忘却。

要知道，我是多么胆怯，去面对一个别离时刻呀。

记得电影《少年派的奇幻漂流》，获救的少年派目送老虎理查德头也不回地朝丛林走去，他开始放声大哭。理查德没有与他道别，只在丛林边缘稍作停留，然后永远地消失了。成年后的派说："我知道人生就是不断地放下……只是

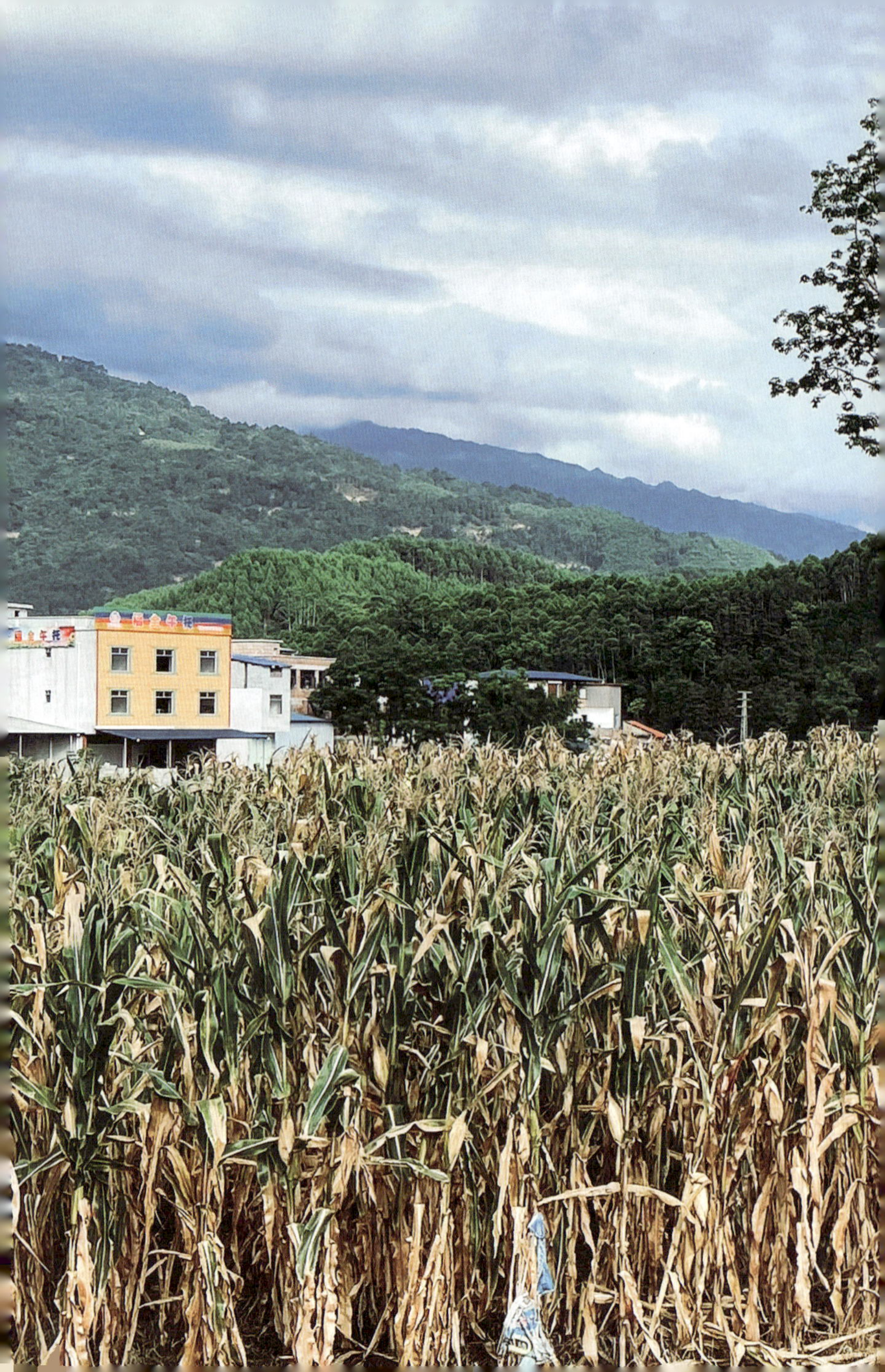

玉米地里最后的收获

很遗憾没能好好告别。"

回到办公室与远在深圳的叮当说起这件事，叮当再三提醒：这一回不同，孩子们那么爱你，你应该好好地向他们告别。

这一回确实不同，虽然只是两个月的时间，却仿佛用尽了一生的气力，将彼此按进对方的血肉，只要想象一下分离时的不舍与疼痛，就令我不安。

我的难题是，如何告诉孩子们，我是要离开的，而不让他们抱有某种虚幻的期待。

虽然这是一场有预谋的别离，虽然，支教开始的那一天就知道会有结束的时刻，但，离期末时间越近，我的心情就无法控制地越复杂。

不断地，在我送路队出校门的轻松时刻，像兰婷和韦佳这样听话的女孩都会令人猝不及防地问："陶老师，你下学期还教我们吗？"

或者问："陶老师，蒙老师说你放假就要走了，是真的吗？"

这样的问题，总让人内心煎熬不知如何作答，我支吾延宕，拐弯抹角地逃避着，我还没做好去正面回应这个现实问题的准备——那深浅不一的悲伤从心头涌出，我真心实意地想承诺孩子们："我会陪伴你们，直到你们小学毕业。"

但我知道，我给不出任何承诺。

终其一生，我们都在不停地告别，告别一个又一个地方，一个又一个人，一段又一段的人生，也告别一个又一个自己。最后的最后，依然是分离。

更多的中午时光，我会抓紧时间吃完午餐，主动跟蒙老师申请送路队，只为能有一个不是在课堂上严肃紧张的短暂片刻，可以和孩子们不谈学习，放松地聊聊天，听他们没有顾忌地说东道西，直到校门口，欢快地与我挥手说："陶老师下午见。"

而我，撑着雨伞，在细雨里，一次次地练习着，最后那一天，我们也是这样地，说"再见"——从此，再也不见。

下课的时候，总会有几个孩子不肯放过我，涌出教室来，问这问那。语文基础差，一直没有及格过的程浩，总是问题最多的一个，每次他都要自然地拉起我的胳膊搭在他肩上，然后，才开始明显吃力地问："陶老师，今天要写生字吗？""陶老师，作文什么时候交？""陶老师，你这个周末会在家吗？我去看你。"

记得是周五晚自习后送他们出校门，几个孩子围上来问道："陶老师你走哪条路回家？"

从学校到租住的房子，要经过两条曲折的小路和一条转几个弯的大道。

那条有大片玉米地、菜地，以及连片低矮房舍的小路，是我最喜欢的。虽然经过一家养猪户时臭气熏天，需要屏住

放学路上陪我回家的孩子

呼吸，但，沿路的田园风光，挂果的芒果树，白色的水蕉花，墙边的葡萄架，墙下的柴火堆，长满深绿青苔的砖石，都令人欣喜。

　　班里有不少的学生，就是住在这曲里拐弯的小路分岔的某个地方。

　　他们会跟在我身边，有的乖巧，有的打打闹闹，问一些奇奇怪怪的问题。

虎头虎脑的威霖上课举手发言很积极，但平时话并不多，这几天却跟在我身边，认真又担心的模样，他说："陶老师，我好想你下学期还教我们。"

跟他最要好的大眼睛的其禧也附和着："陶老师，你可不可以不要走嘛？"

一路上，我不断跟一个个孩子说"明天见"，包括最黏人的程浩，看着他们消失在小街小巷的转角。身边还有志华和景城，他们走过了自己家的房子或者宁可绕了远道，只为将我送到小路口的榕树下，这里，就可以望见不远处我住的那栋房屋了。

走下一小段碎石路，突然觉得周遭是我不习惯的安静，孩子们散去后，世界似乎也变得陌生了。

"陶老师。"

我转头，看见早已回家的程浩不知从哪里跳出来，他问道："陶老师，你住在哪里？"

"你不是已经回家了吗？"我没有继续深究，知道他一定是远远跟随着，直到最后两个同学都离开，他才跑出来的。

转一个弯就到了我住的北里三街。

在学校里没有时机聊天的孩子，这时，开始吐字不清晰地滔滔不绝："在老家澄泰乡里还有读初中的姐姐，爸爸在上林做涂料生意，但是，没什么人来买爸爸的涂料，所以，妈妈就要去南宁编织厂做工。妈妈已经很久没有回来了。"

我渐渐明白，他的依恋是因为想妈妈了。镇上大多数孩子都能吃饱穿暖，家境并不是特别穷困，他们格外欠缺的，是父母的陪伴。

很快，我就到家了，站在餐厅外面的人行道上，程浩说："陶老师就住在这里啊，我明天来看你。"

我望着这个戴着眼镜，表情懵懂的孩子，说："明天，陶老师计划是要去一趟南宁的。"

"那就下个周末。"他天真地笑。

我噎住了似的，说不出话来——因为，下一个周末，我们都将各自天涯。

这一刻我忽然领悟，原来离别不是一道线，不是某一天某一个时刻才开始的，离别是涟漪般不断扩散的圆圈，那波纹不断地漾过我们敏感的心头。

程浩已经转头跑了，我才回身慢慢走进餐厅，穿过厨房上楼去时（我住在餐厅楼上），笑声爽朗的老板娘热情地递给我刚煮好的玉米，说："我看学生都好喜欢你啊，你要走了，他们肯定不舍得。"

我坦承："我更不舍得啊。"

这一趟人生路程，从出发的那天起，就知道要告别，所以，不论精力还是情感，都特别地全力以赴。

音乐课上我给他们播放《悲惨世界》，想让他们看到，世界上不同的民族文化和美妙的音乐剧形式，而这是个复杂的世界，冉·阿让罪人的身份下，有一颗怎样至善高贵的灵魂，貌似正义化身的沙威，正义之名下又掩盖了什么。

也和孩子们一起分享那些美好的诗篇——

分享罗伯特·瓦尔泽的《夏天》：*在夏天，我们吃绿豆/桃，樱桃和甜瓜/在各种意义上都漫长且愉快/日子发出声响。*

分享佩索阿的《你不快乐的每一天都不是你的》，我希望他们学会在生活的细微处找到人生的乐趣，让平淡的岁月美好而且丰盈。

分享苏轼的《定风波·莫听穿林打叶声》，多读几遍就知道，在面对不确定的世事时，豁达且自在的信念会拯救跌落的我们。

分享海子的《面朝大海，春暖花开》，这首诗，不应该仅仅被房地产商滥用。

分享威廉·布莱克的《天真的预言》：*一沙一世界/一花一天堂/掌中握无限/刹那成永恒*。是现实也是预言，就算他们此刻不懂，将来未必不懂……

我以为，读诗并不是要让这些村镇的孩子明白多少诗歌的内涵，他们年纪尚小，理解力有限，我只是认可约瑟夫·布罗茨基说的"一个阅读诗歌的人比不阅读诗歌的人更难战胜"，也许，某个孩子，未来的某天，开始喜欢上诗

我的学生们

歌，他的人生，就算依旧逃不出苦难和虚无，但，还是有不同的可能，像"矿工诗人"陈年喜诗句里的那样，"再低微的骨头里也有江河"。

和学生一起看《至爱梵高》，看纪录片《当卢浮宫遇见紫禁城》《敦煌》《故宫》……这些几乎没有出过上林县的孩子，如何让他们看到外面广阔的世界？唯有看纪录片。

向他们介绍贾樟柯，也是一个县城出来的孩子；还有那个在"抖音直播间"仍不忘传道授业解惑的董宇辉，同样来自乡村，他说："读书为了什么？为的就是在任何低谷，都有支撑自己爬起来往前走的星光，这星光，就是几千年的知识。"

调皮的小志总想看鬼片和恐怖片，说以前期末考试结束后老师都会播放给大家看的。

其实，在上林的这两个月，我觉得，老师的责任比任何时候都更重大，因为，孩子一切知识和文化的来源渠道只有老师与学校，作为他们的语文老师真的是如履薄冰。

刚到学校不久的一个周末，班主任让孩子们拍些在家阅读的图片上传，细看，他们阅读的还是二三年级水平的读物，我开始推荐书单，不管有多少家长能做到，只要有一个孩子按书单购书阅读，我就认为值得。

我告诉孩子们，博尔赫斯是这样表达对书的热爱的："我心里一直都在暗暗设想，天堂应该是图书馆的模样。"而作家毛姆有本书就叫《阅读是一座随身携带的避难所》。

但是，我仍不知道，该如何好好告别。

那天早晨，最后的那天早晨，阳台上，种在鞋盒里的半枝莲开得灿烂。

走在去学校的路上，太阳热烈而炫目，天蓝得不带一丝忧郁。

我们如常地分享诗歌，看纪录片，我给学生发放同事从

晴朗的日子，美丽的日子

深圳邮寄来的《夏洛的网》和阅读任务单，也给他们发棒棒糖和朋友献爱心的铅笔盒。

　　这就是普通的一天。

　　直到我开口，想跟他们说道别的话。

　　然后，我哽咽无言，他们似乎终于了然，这一刻，就是分离。

大明山的茶园

好在蒙老师赶来救场,许我去一旁收拾情绪。

我似乎什么都没有说,准备好的语言七零八落,跟差生的作文一样不成句段,但是,孩子们是天使,他们什么都懂,懂我语无伦次里的真情。

那个考试一直不及格,却在最后连续两场考试中都及格并且一次比一次高分的小馨,我看到她眼泪哗哗地流,这个在其他老师眼中拽拽的女孩，此刻生气地看着我，好像，我的离开意味着背叛。

宇哲在班里一直扮演着"硬汉"的角色，逞凶斗狠，这两个月，他的打架纪录排名第一，此刻他却哇哇哭得像个幼童，把对他的日常表现一直感到头疼的蒙老师都看傻了：平日里见他那么……这怎么回事？

我心里明白，他也只是一个孩子呀。

孩子们说要为我唱一首歌。他们高唱起：*听我说谢谢你因为有你/温暖了四季/谢谢你感谢有你世界更美丽/我要谢谢你因为有你/爱常在心底/谢谢你感谢有你/把幸福传递……*

生命中第一次有这么多人，为我，只为我，唱响这熟悉的旋律。

我知道自己被他们完完全全地接纳，我的一切都被他们善意地去理解与解读，我一直被他们信任并肯定。

只有真切地了解过他们，才会真切地明白他们有多爱你。

其实，与他们相遇，是我的幸运。在他们走调的歌声里，我心中泪如雨下：每一片叶子都不同，每一片叶子都很好。

努力爱过，才不虚此行。

曾有朋友问我，将来，不知是你谈起他们更多，还是他们说起你更多。也许短暂的六十个日夜之后，会有幸如海子的诗句那般：*我们打开门/一些花开在高高的树上/一些果结*

在深深的地下。

这一段岁月，当然会铭刻在我的骨血里。

但，太空浩瀚，岁月悠长，我只要知道和曾经遇到的人、爱过的人，分享着同一颗行星和同一个时代，就满足了，与其互为宇宙，不如自成人间。

我希望他们会很快地忘却我的存在，山水壮阔，他们应该拥有更多时间的礼物，生命是漫长的，生命也是分章节的。

最后，那几个平时从未出现在我回家路上的孩子也一同陪我走到了小路尽头的大榕树下，我们都使劲挥手，说再见。

景城在岔路口大声宣布："蒙老师说了明天会带陶老师来我家家访，我明天还能见到陶老师的。"他的神情，镇住了其他几个孩子，且仿佛赢过了所有。

我确信，不论相隔多么遥远，从此他们的人生，都将与我有关。

回顾所来径啊，苍苍横着翠微。

教育，其实也是一门**爱的艺术**，有其自身的复杂、微妙与艰难，有些孩子在**爱中习得**，有些孩子，能够在**爱中成长**。

第二辑

2021年—2022年

校园修罗场

经过资料室,看见六年级的熙然老师趴在电脑前,盯着监控回放,起身时,膝盖留下显眼的红色压痕。

原来,作为班主任的熙然在装扮自己的教室时,放了两个可爱的摆件在讲台上,为教室增添意趣,做完早操回来却发现摆件没了,之后在一个女生的抽斗中找到,但无论怎么询问,女孩都不承认。

于是,认真的熙然老师便来查看监控寻找真相。

在教育界几十年了,我们当然知道校园未必是象牙塔,也并不是所有"天使"都单纯可爱,天真无邪,《天鹅湖》里有白天鹅就有黑天鹅,《爱丽丝梦游仙境》中有白皇后也有红皇后，这才是世界该有的情状吧。

校园有时更像个修罗场，金庸先生笔下的"妙手空空"当然不会是一日练成的，郭靖、杨康这等人类，也是自童真年少时，就往截然不同的方向发展成人成魔的。

"发现端倪了吗？"我问。熙然说跟安全主任一起找到了些蛛丝马迹：出操时间，这个女生就晚了5分钟下楼，在教室门口还有一个撩起裙子往侧边藏东西的动作。可软硬兼施，她只说不知道。

当天下午，熙然老师就开展了一次有针对性的班会活动，教孩子们更好地区分公物与私物的边界，还有，如何控制自己对占有的渴望。

"这件事如果发生在一二年级，用点策略，一般都能换得小孩子的主动承认哭求原谅，到六年级，要攻破心理防线就有点难度了。"我说道。

"啊？都是孩子，差别这么大？"年轻的熙然很惊异，温和的她只是希望这个学生警醒，不要再犯这类错误。

"六七岁的孩子犯错一般出于懵懂，分不清事物的边界。越往后，心理戏越复杂，情况会有越多可能性。随着年龄渐长，增进的不仅是知识，也学会了察言观色、趋利避害，形成一定的防御机制。其实，从一个社会人来看，这不一定是坏事。"

静静的跑道

听到熙然老师恍然一声:"哦!"我就笑了,要不然,怎么会有那么多侦探小说?人,从来是最简单也最复杂难测的。

久在校园,什么样的学生没见过,一句话,绝大多数孩子都是差不多的,只有"问题孩子"是各有各的问题。不过有的孩子,能"问题"得你终身难忘,像去年底转学离开的"知名学子"马小宝。

自进了校园,马小宝就迅速荣登学校"知名榜"之首,故事,不对,是事故不断。

打架闹事把班级搅和得鸡犬不宁就算了,经常是下雨天我到校园积水的操场去领他回教室，他坐在跑道边玩水玩得不亦乐乎；天晴的日子，保安叔叔悄悄叫我，去学校大门边的墙头把马小宝喊下来。

马小宝读二年级的某一天，狼狈模样的他突然冲上楼来找校长报案，说有人烧了一楼厕所的卷纸筒，外壳都着了。

校长是什么人呀，一眼勘破他的伪装，三言两语连哄带骗就让马小宝招认了，乖乖从口袋里掏出打火机——是他点燃的卷纸，看到火苗呼地腾起，害怕了，赶紧接水去救火，弄得自己跟消防员似的浑身湿漉漉的。

如此，当然少不了批评教育。但，苍天可鉴，他就是那类为了让老师们产生无力感而出现的学生。一路晃晃悠悠，千难万险，好不容易到了五年级。

那日，一阵带着危险信号的烟味儿飘散在校园里，大家蜂拥着冲上四楼查看，一间空教室的空调外挂机浓烟滚滚，冒出了火光，安全主任拎起灭火器就上，火势被迅速控制，掐灭在萌芽状态。

回过神来的我们一了解，先前这个班的同学都在操场上体育课，教室里只有借上厕所半道溜进来的马小宝，只有马小宝啊。还有，刚才不就是他领我们上来的吗？

我看着他，百分之一千地确信是他干的。可面对质疑，他对答如流，推得干干净净。

校长还是那个校长，马小宝却不再是原来那个马小宝了。

你看，教育就是这么残酷，有时候你会发现自己并不能改变什么，而只能看着他滑出去，越来越远。可怕的不是外挂机起火，是他熟练地掌握了所有应对你的办法。

终于，还差一个学期就毕业的马小宝全家移民去了国外，老师们纷纷"摒弃前嫌"衷心地送上祝福。

说到摄像头的作用，那是不言而喻的，如今学校已实现高清摄像头全覆盖，对校外人员进出也有了更严格的管理，确实再也没出现过六年前那样的失窃案了。

记得也是这样一个舒适带着微微凉意的秋天，几个办公室的老师陆续到安全主任那儿报案，说钱包里的钱少了。一统计，这个500元，那个300元，统共有1000多块钱吧，看来是桩连环案。

如何抓住这个"小贼"，成了那段时间让安全主任头痛的大事。

经过排查，发现只有四楼的五六年级办公室在安全范围，一次也没有遭遇窃贼光顾，机智的安全主任凭此推断，这个"小贼"，极有可能是六年级学生，所谓兔子不吃窝边草嘛。

我们笑，难道我们学校不都是他的窝边草？他还不是照吃不误。

"小贼"不涉足五六年级办公室作案的原因很好解释：

他害怕遇到"熟人",不好脱身呗。

那天下班时我打开自己的钱包,发现里面只剩了一张20元、一张5元的钞票,两张100元不翼而飞。嚇,胆子越来越大呀,竟然偷到行政办公室来了。

安全主任"压力山大",也跟熙然老师一样,在当时模糊的视频录像前足足看了十几个小时,铩羽而归。

不过,安全主任岂是徒有虚名的,他早就准备好要下一盘大棋。

中午,他通知位于二楼一二年级办公室的老师们,中午放学铃声一响,就离开卡位撤出办公室。门,虚掩即可。

福尔摩斯附体的安全主任埋伏在自己办公室的门后,留出10厘米的门缝,正好可以盯牢一二年级办公室。

一分钟,两分钟,三分钟……各班的学生纷纷排队离开了学校,校园渐渐由喧闹变得安静,时间一分一秒地过去,等待收网的我们内心升起不易察觉的焦虑。

突然,安全主任快速拉开门冲出办公室,直接走向斜对面的一二年级办公室,悄无声息地靠向那个正蹲在一个卡位里翻钱包的人,正是一个六年级的学生。

"小贼"刚刚得手,拿着钱正转身,还没完全站起来,抬眼,安全主任铁塔似的站在她面前。

这之后,校园逐步迈入了高清摄像360°无死角时代。

熙然老师原本打算购置一个小摄像头装在教室里的,想想又放弃了,不良行为的学生毕竟是极少数,属于恼人的小概率事件,如果提醒教育就能让人幡然醒悟痛改前非,也不必大动干戈了。由于心智和身体发育的局限,小学的孩子一般是翻不起大浪的,但,那些蠢蠢欲动的小坏、小恶、小伪装,将来会发展出怎样的后续,充满着不确定。

环看现实,更多的当头棒喝却是:多少曾经出类拔萃的,到头来成了巨贪巨恶;多少当年痞痞坏坏的,最后发现他有着一颗善良利他的美丽心灵。人性如此复杂,我不敢随意下判断。

没想到,今天一早,熙然老师在QQ里连发两个"欣慰"表情,并发出那个女生笔迹工整的一封信给我。

硬扛了一周的女孩在信中表示,这几天的反省让她愿意面对事实求得谅解,因为老师在班会课上讲的"当你说出一个谎言,就需要用无数的谎言来掩盖这个谎言"之可怕,她已经深有体会。

以为会不了了之的事情,没想到,有了一个温馨又圆满的结尾。我们内心的欢愉岂止"欣慰"可以描述呀。教育,其实也是一门爱的艺术,有其自身的复杂、微妙与艰难,有些孩子在爱中习得,有些孩子,能够在爱中成长。

大人物

周一早晨的升旗仪式正在进行，五年级的几个孩子在舞台上激情洋溢地演讲着，那架轰响的直升飞机准时飞过我们的头顶，壮观的云隙光就那么悄无声息又美丽神奇地铺展在校园上空。

这是最平常的一天，站在教师队伍前头的我，远远地看见个头瘦小的杨师傅那再熟悉不过的身影了，他戴着口罩，一手执扫帚一手拎着一袋什么，往排列整齐的学生队伍里直直走去，迅速消失不见。

我能预料，一定是某个身体不适的孩子在操场上呕吐了，班主任迅速召唤来杨师傅做应急处理。

他会先给呕吐物撒上消毒粉进行掩盖，避免传染物扩散，等学生散场后再来清扫冲刷。

杨师傅的出场，从来不存在什么高光时刻，不是哪里脏了就是哪里出了故障，他很少锦上添花，总是排危解难。

只是，老师们都知道，他才是我们学校里，真正不可或缺的大人物。

你要是以为杨师傅仅仅是个清洁工，那就错了。

有时，我忘了带办公室钥匙，或者临时有事回学校，第一个电话总是打给杨师傅的，他存在于学校的任何地方，比任何人都可靠。

当然，我也确实无法定义他的具体身份和工作范围，怎么说呢？自从他12年前从湖北荆州来到深圳进入我们学校，如果不算他在老师上课的时候紧急送进去一张修理好了的课桌椅之类，除了上课这活儿他没法介入，这间再普通不过的学校，有幸成为杨师傅的家。

杨师傅一贯不喜清谈，只是脚踏实地地做完这件事又去忙那件事，也从不问哪件事是自己的哪件事或许是旁人的，能做就做了，不吝力气，不惜时间。

每次看到他，我总想着如果人们都像他那样，真正地去生活，去劳作，而不是成为一个旁观者，大概就不会被"人生的意义"这样的问题所困扰吧。

杨师傅打理的簕杜鹃

记得几年前刚到这间学校的时候，同事们告诉我，杨师傅是学校的电工，他忙碌在配电房和各个办公室与教室之间。

很快，我发现，我可没见过这样的电工——

他搭高梯修缮教室里的电扇，定期擦拭每一部电扇，空调坏了他来了，他在雨中挖大泥坑修爆裂的水管，他叮叮当当修补桌椅板凳，他也跟年轻的保安们一起哼哧哼哧地搬教材分教材，搬会议桌、搬合唱台，拆洗教室的窗帘再装上去……

期末考试，摇铃人，是他；寒暑假里，学校装修厕所、重建羽毛球馆、重修跑道，那个全景似的监理帮工，也是他。全年无休，始终在场。

我办公室的饮水机突然漏水，门前水浸一大片，饮水机下方的抽屉柜跟着遭殃。一个电话，杨师傅就带着两个清洁阿姨快速进入灾难现场，拯救我于水深火热。

反正，只要是需要的地方，杨师傅就在，永远都在。随叫随到。

任何时候，你走上校园的走廊或操场，总能看到他瘦小的永不知疲倦的身影。

有时候我想，总有一些人，就像杨师傅这样的，拥有一个永远打不倒、扯不碎、搅不浑的灵魂。

你会以为，杨师傅大概正值壮年，或许，是个小伙子？

其实，他已经六十多了，不，我不想将他称为"老人"。

因为在我们的心目中，他始终处在当打之年。

昨天，我在学校二楼的走廊栏杆处看课间的小孩子玩耍，迎面匆匆走来笑呵呵的杨师傅，手里拿着两个透明公文袋，里面有合同和发票。

我们随意地交谈两句，原来，根据防疫的要求，送合同或发票的外来人员都不能进学校了，他就自愿当了校内"快递员"，替他们收了资料，跑个腿，上楼来交到财务部门。"省得总务会计要跑下去取嘛，他们都挺忙的。"他说。

他想着的，就是替别人做点什么。

记得前一任总务主任在辛苦之余，常说自己运气好，有杨师傅做帮手，要是没有杨师傅，她这个二宝妈妈，总务后勤这一大摊事，绝对是做不下来的。

我相信，这是她的自谦，也是她的真心实意。

我们曾私下感叹，校长要是一段时间不在，学校正常运转毫无问题，要是杨师傅几天不在，学校只怕是要停摆了。

这当然是在开玩笑，但，谁不知道所有的玩笑里面，都含有无需明说的真言呀。

此刻，我照例忍不住要提醒杨师傅，少去爬高爬低，一定要注意安全，危险的事情让年轻人去干。

杨师傅打理的月季花圃

  他摆着手,"没得事,没得事"。然后,必然说起这十几年,多么感恩这间学校,让他有了家的感觉,每个人都对他既尊敬又关心。

  我想,是因为他对每个人的"小事"都那么地尽心尽力吧。

  一切的肯定与赞美,都是他用日日辛劳赢得的。

因为年龄的问题，杨师傅多年前已从电工的岗位上退下来，转行做了对年纪要求不高的园艺花工。

可是，老师们似乎完全忽略了他的年龄，对他脸上汹涌的皱纹视而不见，也完全忘却了他已经转岗的事实，办公室的灯管不亮、空调制冷出状况、抽屉锁坏了、校园雨水井盖堵了、消防箱要加个防撞角……无数的小事，找来处理的，依然是杨师傅。

杨师傅也从来不推辞，他就是学校的"大管家"，而且，会一直努力，把每一件小事做好。

转岗后的很长一段时间，杨师傅辛勤地为种在南边窗台下的一块月季花地施肥除草，那是我最喜欢的校园角落，早晚都要去看看，黄的、红的、紫的月季次第盛放，令人欢欣。

他总是一边浇水一边跟我说他重新学习了花卉的养育知识，紫薇花剪枝不能太早，寒假前剪最合适；簕杜鹃浇水不能太勤，水太多不开花只长叶；月季要阳光，这一片地种月季很难长好，窝在墙根下日照时间太少。

这样的时刻，我会想起《007大破天幕杀机》，M在国会为保留00代号的特工辩论时，她引用的阿尔弗雷德·丁尼生的诗：*如今我们已年老力衰，再也不是当年能撼天动地的人……这颗心还是会去奋斗，去寻找，去发掘。*

有时，在漫长的俗务之后，我会厌倦再去思考人与事，那些烧脑的问题，那些弯弯绕绕需要处理的工作。

于是，戴上粗糙的纱线手套，拿起我找杨师傅要来的一把花剪，学着他的样子，将楼层外挂花坛里恣意妄为的簕杜鹃和生长过于蓬勃的天门冬修剪一番。

脚边的绿色枝条越堆越高，大汗淋漓的我会羡慕杨师傅简单的劳作，甚至想像他那样，让肢体与心灵齐飞，行动共成果一色。

不过一小时的剪枝劳动下来，总要腰酸背痛好几天。

杨师傅笑，说这些活都是做惯了的，猛地做一次，就像从不跑步却突然去跑步一样，肌肉骨头要疼个几天的。

当年因为儿子一家人来了深圳，需要母亲帮忙带孩子，杨师傅就领着妻子背井离乡毫无畏惧地跟了过来。

我想，像杨师傅这般勤勉，所有心思都在做事上的人，不管去往世界任何地方，他应该都能找到安放自己的位置。就算他也许并不懂得寻常日子就能构建出存在的诗意，但他在我的眼中，却是某种诗意的存在。

在梵高看来，只要不断画画，那么他的人生便是有意义的。

对于杨师傅来说，也许，只要手脚不停，他的人生便是有意义的。

通往幸福的路径

2021年5月12日，长距离飞行转机近8个小时到喀什，又从喀什坐汽车颠簸了近6个小时后，我们终于抵达了这次探访送教的目的地：何晓华老师所在的位于我国与邻国边境线附近的塔合曼乡寄宿制小学。

何晓华老师作为福田区景田小学首位援疆支教的优秀教师，一直都是我们心目中的英雄。

当我用尽洪荒之力在这间高原学校上完一节绘本课，与大家聚在塔合曼小学的会议室里，听到我身边的鲁尼·巴夏克书记讲话的声音却像河上吹过的风，我很努力，却抓不住。

何晓华老师与他在塔合曼小学的学生在一起

突然听到晓华老师提到我的名字,隔着好几个人我望着笑容满面、帅气逼人的晓华老师,心里没有波澜,脑子一片空白,完全无法组织起自己的语言。

听见自己心跳的声音,保持着礼节的微笑,说出的词语背后,每一件事项都变得无处归位,眼睛扫过会场椭圆长桌边围坐的一张张面孔,显得恍惚而遥远。

东拉西扯不知所云的一分钟里,我懂了晓华老师曾经跟我说起过的那种不由自主的,大脑不在线的状态。

慕士塔格峰下的塔合曼小学一角

何晓华老师是2020年初来到塔什库尔干县（简称塔县）参加深圳向喀什的对口援疆支教工作。

他坦言，在塔合曼小学支教的最初一段时间里，上完课处理了学校的一些琐事后，坐在办公室里，会出现长时间的发呆状态，就是那种脑袋空空如也，什么都无法存储、无法思考的状态，整个人都迟钝了。

那是帕米尔高原稀薄的氧气，塔县3300米的海拔，将一切改变于无形。

这样的状态，在抵达了一段时间后，会逐渐好转。

其实，来南疆支教的晓华起初以为，为期一年半的支教工作，他会被分配到喀什的某间学校任教。

没有想到被安排到了喀喇昆仑腹地，世界荒茫一隅的这间寄宿制学校，教一群塔吉克族牧民的孩子学习汉语。

这所经历了2015年大地震后，由万科集团援建的寄宿制小学，让孩子们的学习环境得到了极大的改善。

学校背靠着连绵的雪山，抬眼就能看到登山爱好者心中神圣的慕士塔格峰。

晓华被眼前雪山震撼的同时，想着身边这些日日看着如此壮美景色生活的孩子，他们的内心该有着不同寻常的宽阔、无畏与善良吧。

当然，工作中需要面对的问题，仍如雨后春笋，不，像冬日的飘雪一般，时时迎面而来，工作任务一直都是繁重的。

晓华老师来到塔合曼小学是被任命为副校长的，可除了辅导民族教师备课上课，他自己还带着五年级一个班的语文课，并在学校组织起朗诵社团，希望通过自己的努力，尽可能地带给孩子们更多的学习机会和知识上的积累。

让他没想到的是，刚接手的那段时间，作为一个业务能力极强的优秀教师，上课竟成了他的梦魇。

这些习惯了放牧、爬山、奔跑，熟悉攀上雪峰的隐秘道路，能识别天上飞鹰和用皮肤感知时间的塔吉克族孩子们，在课堂上表现的是遗忘而不是记忆，是茫然而不是理解。

一首古诗，今天教明天忘；一个汉字，上课教下课忘。

课文呢，算了，就是长一点的句子，也成了拦路虎。

有时候，看着孩子们单纯无邪的笑脸，一向乐观的他也会困惑，这种长着十根手指，却只能数到九的现状，能否在他的支教生涯中有所改变。

他还没有意识到，有时，上天将更为重大的责任放在承担者的肩头时，最初也许是悄无声息的。

置身这高原之上，偏僻一隅，晓华老师感到了从未如此强烈的静默、卑微与波澜不惊，身体和心灵因沉甸甸的孤独而倍感疼痛。

从语言到习惯，从风俗到他曾经那么得心应手的工作，都变得陌生且藩篱密布。

每一个落日，都会将白天的所有收获一笔勾销，每一个清晨醒来，他又开始聚集投入下一轮战斗的能量，直到筋疲力尽。

虽然要到10点才正式上课，可每天早上8点，他就已经匆匆出门，赶路、上课、辅导学生，处理学校里繁碎的大小事务，足足要忙碌到晚上8点多，他才能乘车回到深圳驻塔县的前方指挥部住地。

巨大的时间落差，不易消化的夹生饭民族餐，都让高原反应愈加明显。

头痛不时相伴，他在办公室的阳台外架了个简易的铁床，只为能在中午短暂的时间里休息片刻，缓解无法消除的头部不适。

他一直在适应，而"适应"这词其实充满了不适的细节。

学校门前有一条长长的林荫路，路两边长满了高原红柳，从夏季满树翠绿，到秋天一夜金黄，车开过去，像极了宫崎骏电影里的一帧帧唯美的画面。

可更多的时候，这样的美景，晓华并没太多心思去欣赏，他的心里，装着的是道路尽头的学校。

帕米尔高原上的秋天是珍稀短暂的，一场初雪，就让红柳白了头。

冬天来了，来得令人猝不及防。

早上穿着厚衣厚裤热乎乎地离开宿舍，步行20米到车上，浑身上下就已经冻透了，车子就算暖气大开，也要等到30—40分钟后他快到学校了，才烘出微微暖意。

虽然每天全情投入着处理各种事务，组织老师们开展教学活动，倾尽全力带着孩子们学习，可心里还是不确定，有限的日子，怎样才不算浪费。

直到某天早晨，晓华终于明白了他在这遥远陌生之地的

通往塔合曼小学的高原红柳林

意义与肩上的责任，并不像他想象的那样简单。

那天，因为一场突如其来的大雪，司机师傅一路小心翼翼，到学校的时间就比平时晚了一些。

将他放在校门口后，支教队租的车便油门轰响着离开了。

他拉高衣领只为抵挡那冬日清晨浓烈的寒意。

"何老师好！"一个女孩的声音。

他抬头，是自己班里的女孩阿依巴拉克，不知从哪里冒出来，眼眸中有深深的焦虑。

这个孩子在学习及其他各个方面都比同龄的同学要弱一些。

"有事吗？阿依巴拉克，这么冷的天，你站在外面干什么？"

女孩并不知道如何表达，害羞地笑一笑，转身就跑进了教学楼。

那一刻，晓华才突然意识到，这个孩子是在担心他。

在学校，像阿依巴拉克这样的女孩是"透明"的，家里人对她没有太多的关心，因为反应慢些，学校的老师们也不会注意到她。

自己呢，也不过是像对待其他同学一样地对待她，上课会多一点地关照她，讲课她听不懂时会跟她反复多说几遍，虽然她基本上学不会，表达成问题，写字也不行。

晓华恍然明白，虽然他对班里的孩子都是一样的关爱与用心，但，一贯在忽视与淡漠中长大的孩子，会格外的敏感，就像这个总是比别人慢三拍的女孩。

多久了？每一天的早晨与黄昏，她都等在校门口某个不引人注意的角落，用这种独特的方式迎送她的深圳老师，等待他的出现，叫一声"何老师"，只为跟她的老师问个好或道个别。

一闪而过的她，脸上甜美又满足的笑容，能融化昆仑山上的冰雪。

在显得有些迷惘的工作中，阿依巴拉克给晓华带来了某种确定：当你发现自己的付出虽然没有分数上的回报甚至无法改变什么，却意外收获了更宝贵的一颗心时，你会清晰地意识到，一切都值得。

现在，他任教的班已经是六年级了。

阿依巴拉克依然是那个学得最慢，可能永远都学不会的女孩。

可她那拼命要记住几个字，拼命想说好一句汉语和不惧困难用尽所有力量去学习的神情，令人动容。

晓华说她写字是得过A的，她不过是想尽力证明自己能回报老师对她的温和善待与关心。

那日学校的活动结束后，我们一行随晓华老师前往他们班班长巴合·提汗同学的家做一次家庭探访。

巴合家在拜什库尔干村，同样是在慕士塔格峰脚下，但，从学校开车过去也得半个多小时。

这里有一片孩子们喜欢的茫茫无际的草滩，几个孩子周末回来就在这大草滩上放羊。

在塔吉克族家庭中，女孩子都要承担比较多的家务活，而男孩就要金贵些。巴合还有一个妹妹，一个弟弟，三姐弟都在塔合曼小学读书寄宿。

一夜的家访，充满了欢声笑语，也充满了好奇与疑问，同一个世界，差异却是巨大的，而差异，未必可怕，毕竟，参差多态才是世界该有的样子。

从温暖的屋里出来的时候，天已尽黑，天上没有一颗星星。

我们的送教探望活动明天就要结束，紧接着要返程，我遗憾今晚是个云层很厚的春夜。

晓华仰着头看向黑黢黢的天空，他说："在高原，星星有一种凛然的寒光，如闪烁的尖刀。"

我想象着他描述的那种布满尖刀的星空，凛冽寒冷。

一阵毫无方向感的大风猛烈地吹过来，让大家差点没站稳，五月的深夜也有了冬的寒意。

晓华打开手机上的电筒，在尘土飞扬的门前照出一小片亮光。

巴合的班主任卡穆力江老师抬起胳膊遮挡着脸，说：

"这里，经常，一般是下午，就会起这样的妖风，飞沙走石的。"

我们张不开嘴，跟在她身后艰难地往停着车的石子路上迈步。

上车后晓华也说，这里每天下午劲吹的狂风确实很邪，寒气从雪山上倾泻而下，风吹到山坡却上不去，就在这个草甸窝窝里四窜狂飙。

塔县这边风沙厉害，再加上雪山冰川的强烈反光，患眼疾的人特别多。

寄宿的学生更严重一些，学校卫生条件不是特别好，孩子们的卫生习惯也差。

前年初冬时节，晓华看到班里的寄宿女孩加木力克不停用手揉搓眼睛，眼角沾满了黄色的分泌物，便再三提醒她，周末回家一定叫爸爸带她去县城看看医生。

晓华也知道，这么说是没有用的。

孩子们的父母都没文化，一般男劳力承担护边员的任务，国家按月发放补贴，妇女要承担几乎所有的家务劳动。我们家访时，巴合的爸爸就不在家，巡边去了。

母亲作为女性，在家里地位普遍较低，通常是不出村子的，跨越几十公里的路程去县城，对她们来说就是不可能完成的任务。

牧民们对待疾病的态度也曾让晓华惊骇，在他们眼里，仿佛除了生死，其他的，都是不足挂齿的小事。

看着加木力克睁不开眼的糟糕状态，晓华拿手机给她拍了照，带回县里，在深圳援疆塔县工作组里找了一位热心的援疆医生，请他看看。

医生凭经验开了一张药方，无非是红霉素眼药膏和一些眼药水，晓华到县城的药店买齐了，周一带回学校给加木力克用上，也教导孩子们不要用手去揉眼睛。

用了药仍不见好，细心的晓华发现寄宿的孩子都是用纸巾擦眼睛，一张纸巾多次使用必定造成交叉感染。

于是，他又到县城买了棉签，指导孩子使用。

这一下，药到病除，加木力克明亮的大眼睛恢复了往日的神采。

晓华呢，是那种对别人的夸赞会害羞、会不知所措的男人，此时却也笑得很有成就感，他说："塔吉克女孩的眼睛本来就又大又黑，纯净得像高原上的湖泊。"

从此，同学们都觉得深圳来的老师特别厉害，能教课，会治病。

晓华当然没想到自己在支教生涯里，不但成为孩子们心目中最好的老师，更是最厉害的神医。

但信任与依赖都来自我们所做的每一件小事，还有满怀善意的付出，不是吗？

"何老师治好了我的眼睛，也一定能治好我妈妈的眼睛。"

去年刚开春,加木力克鼓足勇气,央求晓华老师去家里看看她妈妈的眼睛,她说:"妈妈的眼睛一直不好,看不清东西,现在,已经什么都看不见了,妈妈太可怜了。"

晓华知道,这样的病情,绝非凭一己之力、一管眼药膏所能解决。

到周末,他诚约了塔县的两位援疆医生,一起去加木力克家里。

两位医生细心检查后,发现孩子妈妈的眼睛里长了一层膜,不是白内障,但也需要激光手术才能彻底解决问题。

塔吉克的牧民,他们的皮肤,像砂纸般粗粝,神情中是大都市绝迹的虔诚质朴,即使遭受苦难也会默默承受,咬牙平静对待,从不抱怨。感恩一切从天而降的美意,也接受一切加之于身的厄运。

让他们同意去做手术治疗,并不容易。

晓华用手机将医生的报告细心编辑好,发给了在外辛苦护边的孩子父亲,又给小姑娘出了个主意:"等你爸爸回来,你给爸爸撒撒娇让爸爸开心,再跟爸爸说带妈妈去喀什看病,老师会跟喀什的医生联系好,你们过去就行。"

两周后的周一早上,工作班车如常开进那条天天经过的、长出了短细绿叶的红柳林荫路,他蓦然惊觉,这条路,一直美得如诗如画。

刚走进教学楼,就看到加木力克站在楼梯口朝他灿烂地笑,露出了洁白的牙齿,激动得词汇不够便用双手比划,是的,她的妈妈又看到了金草滩,又能看清慕士塔格峰了。

这时,手机响了,是加木力克的爸爸,不会讲汉语的爸爸妈妈轮流在电话里一遍遍说着"谢谢"。

晓华第一次觉得,这两个常用字里饱含了人类不分民族不带差异的深切情义。而爱,其实是相通的,当人们被温柔真心地对待过,便会懂得。

从此,六年级的这帮孩子们,凡是有什么病痛都会来找何老师。在他们的眼里,何老师的头上,已经自带了某种光环,仿佛,他是上天派来守护他们的"天使"。

一个个脸上有高原红的孩子,他们的身体上,常有伤疤与尘土,那些疤痕,都很显眼,那些疤痕,和我们之前在任何城市任何孩子身上见到的都不一样。

他们的皮肤,是一张画满了生活种种烙印的地图。

但,他们现在有了晓华老师。

比热达力是班上最调皮的男孩,那两天脸色灰暗、不声不响得叫人难以置信。

一问,原来,他的手上不知是被棘刺划伤了没处理还是什么原因,长了几个脓疮,指关节处化脓得几乎能见到白骨。

看着班里平时最闹腾的孩子,疼得龇牙咧嘴一脸的生无可恋，晓华心里异常难受。

找父母带孩子看病也不知会拖到什么时候去。

而当地的老师们每天的工作压力太大，常常自顾不暇，对学生身体上的疾病多有忽视，孩子们一般也不会去寻求其他老师的帮助。

晓华直接叫了班车过来，带比热达力去了乡镇医院，打针吃药加外敷，准备付医药费时，医生却拒绝了，他说："这里的每个孩子都有免费医保，让家长带上医保卡过来一趟就行。"

千百年苦难的游牧生活，古老生活方式的惯性，仍让牧民们对改善生活视若无睹，让他们带孩子去医院看医生比攀登慕士塔格峰还难。

他们也许更信奉的是，活下来全靠幸运，而死去，也是一种自然法则。

塔吉克的孩子，从来不会像深圳的孩子那样，被捧着、含着、宠着，他们小小年纪就在学校寄宿，缺乏足够的关爱。周末了回到家里，也是要帮着干活，生活的艰辛，他们早已觉得理所当然。

所以，这样的孩子，只要你对他们表达了关心和爱，他们就像千兆光纤一样，能快速准确地接收到。

再顽劣的孩子，也愿意为你安静下来，目光里的信赖与感激，真诚得让人动容。

作为支教老师,教学一直是最令晓华崩溃的。

学生写字永远缺胳膊少腿,又缺少教辅材料,晓华曾让在深圳做教师的妻子给12个班的孩子寄来"小学生写字本",可描可写的,很好用。

无法想象的是,抄生字这样的简单练习,对塔吉克孩子来说几乎都是不可能完成的任务。

至于考试,当然永远都不可能及格。

偶尔,也有小小的意外。

这里的孩子,好像天生就是为运动而生的,骑牦牛、牧羊、爬雪山样样在行,在学校里,他们最喜欢的就是踢足球,对一些国际球星,如梅西、C罗等名字也如数家珍。

只是,他们传在脚下的那个足球,没了颜色,表皮翻起,早就失去了作为足球的基本尊严。

晓华知道,给孩子们买个足球带过来是很简单的一件事,但,他得让这个足球在孩子们的功课上起点作用,于是,他跟班里的孩子相约,只要期末考试有一个人及格,他就给他们买新足球。

孩子们当然是各种努力加油,终于,上学期的期末考试,真的有个孩子考及格了。

听到这里我禁不住哈哈大笑起来,这一招,放之天下皆是老师的法宝啊。

"真的买了足球?"

"是的，我给孩子们买了两个足球，一个送给女孩子，一个送给男孩子。"

不用说，他们一定是欢天喜地的。

晓华像有什么秘密似的，自顾自地嘿嘿笑着说："那个及格的孩子其实是刚从喀什转来的。"

这里，要提高成绩，太难了。

但是，怎么可能就此认输呢，别看仍是不及格，但，8分到28分，15分到55分，这里面，是孩子们的尽力，是他不厌其烦一次次重来的耕耘。

晓华老师在塔合曼小学还带了几个年轻徒弟，老师们的进步也是看得到的，未来可期。

还有一个月左右，晓华老师的援疆支教生涯就将结束了。

时间一天天过去，虽然重若千钧的无助感仍会出现在梦里，但晓华还是隐约感受到美好奇迹正在形成的希望。

生命之间彼此有着千丝万缕的联系，许多东西许多改变虽然并非肉眼所能见，却也接受着它们对你的馈赠。

晓华始终认为，他得到的，比付出的，要多太多。

在塔县的日子里，他时常感到自己头脑中属于人类的语言被寒风与稀薄的氧气赶跑了，直接拥有一种近似于昆虫般的简单思维。

思维简单，并没有想象的那么可怕。

对于当初做出的支教决定，细想时，他会陷入某种深思的沉默：有些梦想，我们会希望去实现它，为它付诸行动。

就是这么的，简单。

送我们返回喀什的路上，晓华郑重地翻出手机里孩子们的照片来，解读着指认着，那些听起来有些拗口的名字，在他的讲述中，都有独一无二的意义。

一个人，于工作里爱了生命，是通彻了生命最深的秘密。

这个勇敢的男人，带着不易外露的坚毅与韧性品质，投身进入一片未知的天地，就算天空闪烁着尖刀般的星星，而人世的温情如此阔大，只要有爱，就能抵御那寒光。

行动，是很多事物的救赎，也是遭遇幸福的路径。

大厨

每天午餐时间,老师们在学校饭堂里进进出出,都会见到主厨工作已经结束的李师傅,坐在靠门的固定位置上,低着头,写写算算。大伙儿偶尔调侃:"李师傅,又算账了,赚了不少吧?"

他也不抬头,只是笑笑,他为公司打工,拿工资的。

快要退休的会计阿丽姐有一回逗趣儿,说道:"李师傅,天天算数呐,可以来接我的班。"

李师傅仍是笑笑,好像并不屑于去接谁的班,倒是他大厨的班,似乎没人能随便接上。

可不是嘛,大厨又不是生出来就是大厨,就像江湖地位从来没有世袭一说。

作为主厨的李师傅，每天有一项别人无法替他完成的艰巨任务：为第二天的早餐和中餐下菜单。对着餐饮公司提供的食谱，将第二天要使用的原材料按重量记录在一张表格上，猪肉多少斤，青菜多少斤，姜葱蒜各几斤，再点开手机App，将合计清楚的总量在手机上逐一下单，多一道手写的程序可以防止错漏。这一切，都得在他自己的午餐前完成。

所需食材下午准时送达。

下班前，后厨要将原材料提前处理，生姜蒜切好，土豆削皮备着，排骨砍成块……如此，明天的两餐方有保障。

在学校工作几十年，饭堂里解决一天中的早午两餐，吃过的饭菜不计其数，我却只记住了一个李师傅。

之前的厨师们都成了浮云，只幻化为某种没有多少情感分子的营养元素。一贯地，我们对于学校的午餐，多以"吃饱了"来表示要求不高，也是无法去要求的无奈。

直到近两三年，李师傅空降后厨，不但刷新了学校饭堂的厨艺巅峰纪录，还像福尔摩斯拉高了整条贝克街的智商一样，拉高了我们对集体伙食的期待值，原来大锅菜也可以有这样的好滋味。

顺带让我们对饭堂师傅有了新认知———一位经常出现在餐厅里想从老师们的言语表情探问自己手艺如何的大

厨，不在剧情片里，不在国外的高级餐厅里，他就在我们身边。

午餐时间虽然短暂，余味却变得悠长，进饭堂用餐，终于成了一件令人向往的事情。

深圳是个体量巨大的移民城市，每个人都有自己内心的故乡，因此，口味上差异化明显，是超级的众口难调之地。

李师傅凭一己之力，成功化解了南北西东口味的差异与难题，那些只有自己家里亲手做或在特色餐厅才会有的菜品，在李师傅的手下一一呈现：番茄牛肉，细腻的酸味，肉质酥烂又入味；卤鹅掌鸡翅，酱色漂亮，一点辣意带来新鲜感；辣椒炒肉与"费大厨"有一比；水煮鱼、酸菜鱼也是一绝，有人说可以跟"太二"媲美；五花肉、酱猪手、梅菜扣肉让人吃过便念念不忘……

就算最平民的凉拌海带粉丝，也在咸鲜和不易察觉的花椒的麻中找到平衡的口感，更别说白切鸡了，李师傅用红葱头调作的酱料，不拌着吃下一大份米饭，真是对不起它。

冬至那日的羊肉炖萝卜，香得让人无法把持，将老师们的胃熨帖得实在是舒服极了，每一个人走过李师傅身边，都要无比满足地夸一句叹两声。

一边忙着下第二天的菜单一边接受大家言语膜拜的李师傅稳坐桌旁，脸上笑意堆积，很是受用。

他说:"大家喜欢吃我做的菜,就是我把菜做好的最大动力。"

李师傅来深圳有二十多年了,2000年他们十来个人跟着四川老板,在深圳八卦岭一带开火锅店,当年成都香辣蟹红遍鹏城的大街小巷,他就是那一场"香辣蟹时代"的香料创始人之一,他专门负责炒料,一周只上三天班。

"真是使不完的劲儿赚不够的钱呀!"说起曾经的辉煌,李师傅的眼里仍闪着光。

"想当年,那份红火,真是让人始料不及,最多的时候,加盟店有80家,扩张得好凶哦。"

不过三四年的光景,模仿者纷纷占领山头,食客好像也有些吃腻了,香辣蟹式微。

唉,食客嘛,最多情,也是最无情的。爱你时可以在你门前排队几小时,抛弃你时,再不回头。

李师傅离开老东家另起炉灶,跟老乡去了银湖,随潮流做起野山菌汤锅,老板连开了十几家分店后,深圳人求新求变,酸菜鱼的浪潮将他们一夜打翻。

有了一些积蓄的李师傅,跟所有外出打工但心底总想着叶落归根的人一样,回到了他的老家四川巴中,开了间火锅店,干自己的老本行。

生意一直都还不错，但，房东看到他生意好，不停地涨房租，一气之下，他不租也不做了，也难怪，有技艺傍身的人，就如同剑客有了一身仗剑走天涯的绝世武功，到哪儿都不害怕。

恰巧，巴中的一个老乡在深圳承包校园食堂，把他挖了过来。

我们说这是挖到宝了。

李师傅做了半辈子厨师，做得硬气又执着，后半辈子也会做下去，因为喜欢呀。只有喜欢一件事，才会愿意花时间花精力不断地去尝试、精进。

可不是嘛，不管做什么，要做得漂亮，都需要发自内心真正地喜欢。

要知道，深圳的夏天，漫长且溽热，空气滚烫得发抖，世界被晒得炽白，热是一段漫长难挨的苦难，学校师生都在开足空调的办公室或教室里不愿出来。

在高温蒸烤的厨房火炉旁，长时间烹饪食物，仅有喜欢似乎还不够，少不了热爱与责任加持，才能生出足够的耐心和毅力去坚守。

别看李师傅才五十来岁，厨师生涯已有三十多年了。

十七八岁的他，跟着在成都的部队里的表哥，开始学厨艺，一上手，冥冥中就知道这将是自己的终身职业了。

李师傅说："做什么都有窍门，只有用心，才能找到。"

他说："做菜的诀窍可太多了，火候，时间长短，调料比例搭配，如何让食材入味均匀，先放什么后放什么……都要在平时一次次地烹饪过程中留心在意，如果不琢磨，永远不会进步，只能停留在煮熟食物让人吃饱的阶段，在哪里都做不长久。"

他还说："如果不能让菜品更好吃、更受欢迎，水平原地踏步，那有什么意思嘛。"

跟李师傅聊天，竟有种跟哲人对话的错觉。

生活的主要方式就是重复，而治愈这乏味与重复最好的药，当然就是持续不断地出新呀。

客人回头再来，或者老师们赞"好吃"，会让李师傅特别开心，虽然辛苦，但成就感补偿了一切。

在学校饭堂做大厨，要应付是容易的。可如果对自己手上的活儿没有基本的尊重，自然无法获得大家的认可。

我记得那几年学校三天两头地换厨师，来来去去都待不长。

厨房里总是乱糟糟的，主厨的脸色都显沉郁。那个蔫蔫的总也提不起劲的男人走了，来了个马虎得不行的女人，冷漠的面孔涣散的眼神，望着她站在炉灶前，隔着几米远都能感受到那份漫不经心。

汤锅里出现了异物，饭菜里可见肉虫，反反复复地出状况，让老师们在半日勤勉工作后，对补充能量提振精神的午餐丧失了应有的期许。

直到餐饮公司将李师傅调整过来。

李师傅的那身工作服，穿个十天八天都是雪白的，厨房里的毛巾、调料罐也都摆放得整整齐齐，擦拭得干干净净，我们再也不用隔三差五将公司老板叫过来提意见求换人了。

原来，人的改变，给周围带来的变化是翻天覆地的。

现场说"好吃"是显而易见的肯定，还有一种，是更高层次的赞美：时不时地，有老师会拦着李师傅加微信，线上咨询如何做菜；也有老师在校园里将李师傅"截获"后，现场讨教某道菜式的做法。

在放学后的校门前，我就听到一位老师在李师傅面前复盘自己做的一道蒜苗炒腊肉，求大厨隔空指教。

我也加了李师傅的微信，只因为，牛肉牛腩怎么做，也达不到李师傅手下这道菜的美妙口感：就是那种看上去还是整粒整坨的，但吃到嘴里，既有嚼劲又不发韧，既酥烂又不绵软发柴。

李师傅殷殷教导："牛肉牛腩要呈现满意的口感，关键是炒，翻炒的时间要长一些，而不是去炖煮很长时间。"

我将信将疑。这颠覆了我的厨房常识呀，我一直以为炖煮时间长短和软烂度是成正比的。

"当然咯,"李师傅笑着继续说,"一般嘛,执子之手相濡以沫到老的剧情比较多些,但,一见钟情也是一款咧。"

好有道理的说法哟。

他大概发现了我的愚笨,某天做番茄牛腩时,干脆录了一段制作视频给我。

细细观摩了两遍,周末聚餐时,我照着李师傅的动作如法炮制,果然,虽不及师傅一二,却也有模有样了。

朋友们都说那日的番茄牛腩进阶了,而我晓得,是真正的大厨几十年的功力被我接收了些微而已。

回学校后见到李师傅,跟他开心说起周末"番茄牛腩"的好评,感谢他的指教。

他听着,发出一串爽朗开怀的招牌大笑。

佩索阿说过:"你不快乐的每一天,都不是你的。"李师傅的笑声里,藏着一个充满热爱的厨艺人的自信。

生活这件事,最有趣的莫过于深入其中,李师傅似乎深谙其道。

他不喝酒不抽烟不打牌,最大的爱好就是刷抖音看厨艺视频,遇到感兴趣的新菜式,就学着去做,争取做出自己的风格来。

中式厨房里,很少会设定某种刻板的规则,只要肯尝试探索,便能够步履不停。

还有心态。李师傅会特别强调，不管做什么，心态端正，就会不一样。

在厨房里做事，最最紧要的，是要有"做什么都当是做给自己吃的"认知。

他时常提醒厨房里打下手或负责洗洗涮涮的员工们："做菜呢，就要当是做给自己亲人吃的；洗水果呢，要当是洗给自家小孙儿吃的，这样，就会用心。"

难怪，李师傅总记得老师们的一些地域偏好，不时地，端出一盘色香辣俱全的爽脆萝卜皮，让爱吃辣的老师过过瘾；也推出酸甜口感的泡菜，让不吃辣的老师们开开胃。

纪伯伦说："所有工作都是空虚的，除非有爱。"

作为大厨的李师傅难免也有抱怨，说在公司里，他就像个孤儿，无人问津。老板既不来督导视察，也不来看望，把他一个人撂在这里。那些有问题的投诉多的学校，老板天天跑。

看着他脸上的小傲骄，我笑惨了，说道："李师傅你这就太凡尔赛了，体谅一下老板哈，他在内心深处一定最爱你。"

那日，天已将黑，我见李师傅坐在校园的小叶榄仁树下专注地刷题，一问，他在准备考高级食品管理员。

偶尔，在朝北的教室里听课，或从走廊上走过，一阵忽然从厨房飘来的饭菜香味，会让我刹那间走神，就算一道简单的青菜，也是大厨的人生作品。

我愿意认真去享受，那些用心预备的，每一道菜。

2021 年的一些小事

体育办公室的窗外,有三株桂花树,每年秋冬,反复地开。

第一朵桂花开放时,我就嗅到了空气中隐隐约约似有若无的气息,很快那令人魂不守舍的花香就悠悠荡荡地飘在校园里了。走过东面的大榕树旁,一阵风来,冷不丁冒出来的幽香会让人心神一凛,穿越回唐宋。

趁着没人的时候,我会在桂花树下待很长时间,长久地凝视。偶尔,没忍住,我会摘几颗桂花拢在掌心,或放进衣兜,感觉一整天都是芬芳的。是呀,有时即使面对整个宇宙,也不如面对一株安静的桂树。

悄悄话

不过,体育办公室的窗子时常都是关得严严实实,窗帘也拉得密不留缝,我总会为办公室里的人错过能随风飘入的桂花香感到遗憾。

巡视校园的时候,看到一个小男孩站在课室门外的走廊里,嗯,一定是顽皮捣蛋把老师惹毛了。

走过去,低头问他:"怎么了?"

他满脸的委屈,告诉我,老师因为他讲话把他叫了出来。

"其实,我不是讲话,是后面的一个同学问我事情,我才……唉!"他低头扭着小手。

我只好教育他上课讲话会打扰到老师授课，也影响其他同学学习。他很懂道理地点头。

我小声问："要不要我送你进去？"

调皮的孩子这时候一般都会随我来到教室门口，我跟上课老师打个招呼，就让孩子回座位了。可是，这个男孩竟拒绝了我的慈爱，他说："不要了，我还是再站一会儿吧，让老师消消气，等老师叫我了，我再进去。"

说着，竟眼睛红了，泪水盈眶。我最受不了小孩子这个模样，赶紧抱抱善解人意的他，说："那你再站一会儿，老师会原谅你的。"

当然，等我看完前面两个班再折回身时，他已经消失不见了。透过窗户，我看到他在座位上坐得笔直，眼神格外的专注，小小的脸蛋上，有一种天真的欢喜。

大雪节气前后，校园的操场上不时飞来报喜斑粉蝶，它们翅膀上红黄白的花纹辨识度很高。

早晨，冬天的太阳照在盆架子树叶灰绿色的背面，像一双手在温柔地抚摸，孩子们在操场上做早操，花蝴蝶晃晃悠悠地从他们的头顶上飞过去，大概它们误以为这些孩子是一大片花朵的海洋。

下午，夕阳从西边树木葱茏的小公园照过来，带着金色的温馨光亮。孩子们在操场上跑操，或者，篮球队在训练，花蝴蝶也会间歇性地合拢双翅，停留在红色的跑道上，再艰难地起飞，不知去向。没办法，我总是沉迷于微小事物的浩瀚无涯，看到无数的过往与未来，交织在此刻之上。

这种早上羽化，中午交尾，在天气晴朗的日子活动频繁的蝴蝶，我想象，它们短暂的一生，似乎与学校的孩子们有着某种神秘而显而易见的关联。

财务阿丽来办公室找我签单，问："你刚才钻进花坛里干什么呢？"

绽放

"噢，刚才经过花坛，闻香搜寻到两朵白兰花。"我望着案头的白色小瓷碟，两朵未开欲开的馨香花朵就是从花坛摘得的。

此刻，我只好假装不怎么在意，实则忍痛割爱地假装大方，说道："送你一朵吧，不要告诉别人我摘了学校的花花。"

"哈哈哈！"阿丽笑得像抓了当场偷窃的我，大概也是看到一个人竟会拿一朵白兰花"行贿"，觉得实在是可笑得厉害吧。

不过，她的问题却是："花坛里有这种花？"

我正尴尬得不知如何是好，听了她的疑问，便又心安理得起来。

好像没人知道似的，从四月第一朵白兰花开放，到七月中旬放假，那三棵一米多高，长在花坛里的白兰花树，每日或早或晚都会被我光顾，摘一朵放进口袋，摘两朵放在办公台上，有时也拿小别针，像小时候那样，将花梗穿起，别在布包上。

如果没人留意到白兰花，也没有人闻到过它那让人不容分辨的美妙香味，那，我便安慰自己：让它开败在枝头，或者，与我生命相亲着渐渐枯萎，也没有什么区别吧。

小满那天，我醒得特别早，早早就来到了学校，在操场上漫步，天空遍布着极美的棉花糖似的白云，一架、两架、三架飞机，在我的注目礼中钻入云层，去远方。

校园操场跑道西边围墙上的花坛里，簕杜鹃开得接近尾声了，刚才拍白云、飞机的我，又习惯性地举起手机。

晨光里扫着操场落叶，衣服前后汗湿印迹明显的保洁大姐，突然停下手中的动作大声叫我。

风大，操场上跑步练球的孩子不少，她的手指着北面的学校后门，一遍遍地说，但我听不清，只好一点点靠近她，直到走到她面前。

原来，她是在告诉我，北门墙头上的那盆簕杜鹃开得更好，比我拍的那株开得好，她为我遗漏了更漂亮的而忧心。

我没有跟她谈起角度、光线和造型，假装漏掉了那最美的，假装她的提醒很及时，她的发现很珍贵，走到她喜欢的那一丛簕杜鹃旁，很认真地拍了几张并啧啧赞叹她的眼光。

直到，她满意地转身，继续扫操场跑道上昨夜落下的细碎叶子。

20℃左右的冬日里，正午时分，午饭后，我和同事喜欢走出校门，绕着校园外围走一圈。

从东边的宠物公园上北环路，再沿福田外国语中学北面围墙，来到我们学校西边的交通公园，晒晒冬日暖阳，赏赏

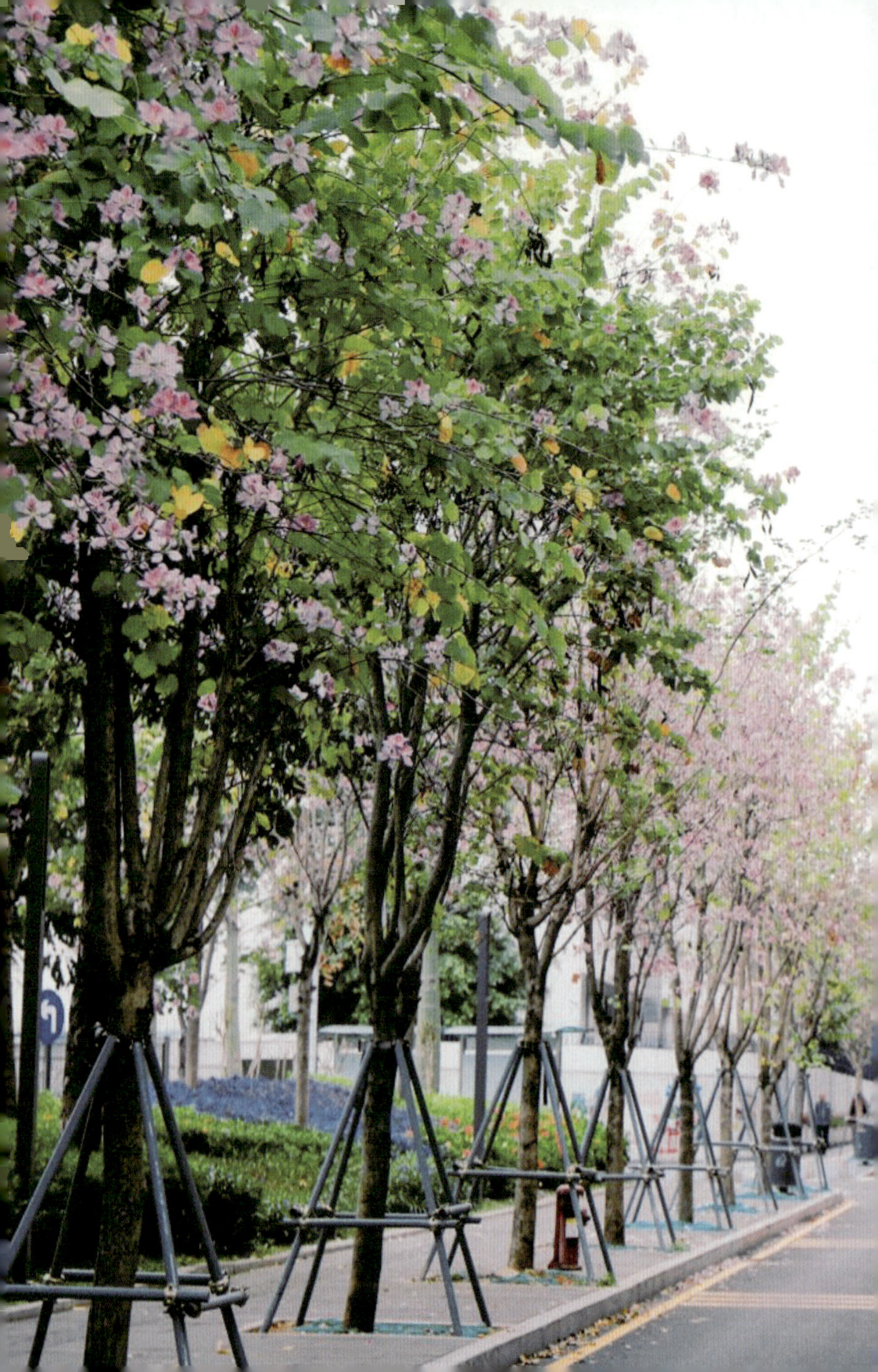

景田北六街春天里的宫粉紫荆

花木扶疏姹紫嫣红。

这天刚走到景田北六街西口，整条街上栽满粉叶羊蹄甲树，此时，花期未到，阳光下树影斑驳。

"陶老师。"

一个没有丝毫犹豫的脆亮声音——我知道，我们学校很多孩子毕业后就直接进了隔壁这间中学读书。

转头，果然，远远的香梅路边，站着前年毕业现在应该是读初二的一个男孩，已经长高好多，整个轮廓都明朗了。

当确定自己没叫错人时，他满脸的惊喜。

学生在学校以外看到自己的老师，一般都会表现出不太相信的样子，因为，在孩子的心里，老师都是孙悟空变的，直接从石头缝里蹦跶出来，没有前情提要。

我望着一脸欢笑的他，朝他挥挥手，再指指自己的喉咙——嗓子哑了，季节性的感冒带来几天的不得不"温柔"。他们都熟悉的，六年的小学生涯里，一定会遇到各个学科的老师在不同时期里失声。

他瞬间懂了，也使劲挥挥手，指指自己的喉咙，使劲对我点着头。

然后，我回身，继续往学校走，这短短的遇见，我们一句话也没说上，却又像说了千言万语。

三年级某班。

一个胖胖的小孩上课总在那里笑。于是，老师问他："为什么笑？笑什么呢？正在上课呢。"

猜猜，他是怎么回答的？"哦，老师，我是强颜欢笑。"老师愣了，问道："为什么要强颜欢笑？"

猜猜，他怎么回答的？"唉，生活这么苦，笑一笑，说不定，笑着笑着就变成真笑了。"

一番言论惊呆了初入职场的年轻老师，她问我："这是怎么回事？现在的小孩都这样了吗？段子手附体啊。"

其实，小孩子未必懂得所谓"强颜欢笑"的真实含义，他也许仅仅是在模仿。

当然，我也承认，现在的小孩子，跟20年前的，已经不同了。

深圳下半年的雨水总是稀少的。

遇到下雨，我喜欢站在二楼的过道上，看雨丝斜斜地落下，在天地间拉出无数细线，脑海中自然飘来齐豫的《雨丝》旋律。

一个刘海厚厚且蓬松的男孩，走进绵绵的细雨中，偌大的内操场里，他一个人，安静地站着，一次次抬头张开嘴，又低下头，若有所思，我看呆了，生怕上课铃声一响，他就会消失不见，我快步冲下楼去。

片刻后，他已回到连廊下，我装作若无其事地从他身边走过,随口一问:"雨,是什么味道?"

他肯定地回答:"没有什么味道呀。"

我们听惯了那些带着诗意的"有点甜"的答案了。

不过,我一点也没有失望,我偏爱真实的"没有味道"胜过虚幻的"有点甜"。

迎着风也迎着光

这是四月开启线下复课的第三周，我还没有从那种莫名的兴奋中缓过劲儿来，每天清早被生物钟惊醒，6点40分就已经发动车子冲出了地下车库。这个时间，空气清新凉爽，视线中行人、车辆稀少，各个路口要么绿灯，要么我排在第一个等红灯，都是我喜欢的。

刚转上益田路辅道，就看见绿茵茵的草地上，四棵鸡冠刺桐，红色的成串花朵开得纷繁似锦，异常耀眼。

南国多花树，粉花风铃木、黄花风铃木、木棉或异木棉，都是树树繁花开得热烈似火，夺人眼目的惊艳，然后，花落尽叶初出。

开花的鸡冠刺桐

    这鸡冠刺桐美得平凡,红花串串点缀在浓密的绿色枝叶间,有一种特别的温婉与恰好。

    但,只一刹,我的车,飞驰而过。淡青的天空扯着薄云,我带着没有为她停留片刻多看一眼的遗憾,心心念念着,已到学校——我要找时间好好去看看那开花的鸡冠刺桐。

    迎面而来的小姑娘戴着一只描着装饰画的口罩,我瞧见了觉得欢喜,便说道:"噢,好可爱的小猫咪呀。"

操作水泥罐车的女人

女孩认真地纠正:"不是小猫咪,这是小熊。"

"啊?"我像没见过世面似的,继续赞叹,"多有趣的小熊。"

她笑着,满意地走了。

我也很满意。

午饭后,跟同事在校园周边的公园散步,经过对面的工地时,一辆轰隆作响的水泥罐车正在作业。

穿着黑裤子迷彩衣、头戴黄色安全帽的中年妇女，站在水泥罐车的轮子后面操纵着，将罐子里搅拌好的水泥倾泄到水泥斗里。

她帅气敦实的背影，洒脱熟练的动作，令我痴迷，我就这么傻呆呆站在正午的日头下足足看了半个钟头，恨不得跟了她去。

值周的缘故，每个课间，我都会如约出现在走廊和一楼的空地上，一年级的孩子追逐打闹，拥抱跑跳，他们小小的身体如安装了永动机，永远动力十足，永远不知疲倦。看着他们，我耳边会自动循环播放起周杰伦的《本草纲目》，心动脚要蹦。

二年级有着天然微卷头发的那个女孩，从楼梯口走过来，一手牵一个懵懂男孩。

女孩眼眸中有种宁静的笃定，男孩子的眼里，是稚气的知错，和随知错而来的乖顺。

我到底没有忍住好奇，在三人牵着手向我鞠躬问好时，我做出一个沉稳大人的样子，问："怎么了？又调皮了？"

女孩看了看左右两边的男孩，说道："他们上英语课之前在教室里打架，老师让我下课后带他们去办公室。"

果然。

在学校里，懂事乖巧的，总是小姑娘，丢三落四、贪玩

女孩牵着两个调皮男孩去老师办公室

捣蛋的小男孩简直就是一种给她们练手的存在。

我忍着笑，表态："打架呀，打架可不好，快去吧，老师肯定等着呢。"

两个小男孩斜瞄我一眼，失望地发现我并不能拯救他们。小女孩再次握牢他们的小手，好像生怕他们会走丢。

三个孩子友好又稳当地在走廊尽头转弯，消失在西面的办公室门前。

课间,看到我举起手机高兴比"耶"的学生

　　小孩子的世界,在我看来,实在天真神秘,美好又有趣。未来的他们,会记得这一幕吗?

　　每个下午,教职员工都会在2点整做核酸检测,学生2点20分开始。那日办事回来,学生已经在按班级排队采样。
　　还有一个会议在等着,我只好硬着头皮去插学生的队。
　　维持秩序的主任从数出来的10个孩子里叫出来一个,请他跟下一组。
　　我跟在队尾,等待着。转头看到被我占了名额的男孩子手里拿着红色试剂管——他当队长了。
　　我跟他说对不起,老师要赶着去开会。
　　他说当队长更开心。
　　真是会安慰人啊。我说那给你拍两张当队长的照片吧,回头我发给你们老师，让老师晚上发给你。

他一手开心地举着试剂管，一手比着"耶"。看着照片里这个眉眼带笑的孩子，我内心因插队而生的惭愧减轻了不少。

正是学生入校的高峰时段，负责二楼清扫工作的小陈挪着电动小车出来，她跨坐在车身上，眉眼因痛苦而皱缩着，右手握住车把手，左手撑着腰，咬牙坚持着。

很快，杨师傅带了另一个胖胖的清洁工宋姐出来，她手里抓着布包和一大瓶水，杨师傅安排着，说："你陪她一起去医院，帮她跑跑腿，学校的事情我会处理。"

原来，小陈的肾结石又犯了，让宋姐去陪一下，人在生病时，身边有个人会很安慰。杨师傅走过来跟我说估计两人今天是回不来的，不过，没关系，他能安排好的。在我眼中，他永远是学校大总管的担当模样。

第二天一早，我就在洗手间遇到了小陈，询问她的病情，她说芝麻粒大小的结石，没法碎石，但不能待在医院，太费钱了，自己拣点中药吃吃，不痛得干不了活就行。

我也无从安慰，这世间，多少人，都在忍痛前行。

中午放学时段，我站在校门旁那棵有一片阴凉的盆架子树下，学生们热气腾腾地穿过操场与校门口之间明晃晃的烈日，排着看似混乱却有某种神秘内在秩序的队伍离校回家。

校医闪过我身边,说有个孩子体温37.3℃,超标了,正在走程序,暂时整班滞留。

医务室旁的留观室成了校医的战场。

作为值周行政,我理所当然地顺利接管了医务室,猝不及防的新鲜事,赋予我脑内某种灰色细胞以新生感。哪怕只有半个钟头。

求安慰的几个孩子不算,只有一例让我找到了真实医护的感觉:六年级的大男孩,打篮球搓到指甲盖,四边渗血,疼得浑身颤抖,汗滴和泪水席卷了整颗脑袋,冰袋上血迹斑斑让人心疼不已,我擦汗,安抚,等待,涂抹碘酊……

一旁晕血的主任说:"感觉你去战地医院也没问题呀。"

也是,能如此镇定地面对鲜血和伤口,面对炮弹呼啸可能也不会惊惧的人,选择了教书作为职业,算不算是入错了行当呢。

要知道遗憾总是难免的。

操场上那株菩提树,在春末艳阳里,落光了她最后一片宽大的水滴状的黄叶,一夜之间,杂乱无章的枝杈上生发出浅褐、微红、淡黄的新芽,再一夜,阳光下的菩提树,就已经叶如小旗,沙沙轻响于风中。

体育课上,可以摘下口罩自由呼吸大笑的孩子,轻盈,欢悦,奔跑如小鹿,仿佛从来不知疫情为何物。

校园里菩提树的新叶

这棵平平常常的菩提树,这棵孤孤单单的菩提树,好天气,我会来看看她,下雨天,我也要来看看,她是我们生命中不被关注的自然存在,这个时代,如此多的不确定,这棵菩提树,却是某种奢侈的确定。

立夏这一日,菩提树茂密的绿叶迎着风也迎着光,美得像世间所有的树。

那一张张**青春洋溢**的脸庞，有**希望**有**野心**，努力着成长着。也很快，有的人走了，有的人来，各人有各人的**未来**。

第三辑

2018年—2020年

初入江湖

咣当,一所幼儿园,仿佛从天而降,落在你的手中,你能怎么办?接住,站稳,才是一个成年人应有的做法吧。

2020年深圳市民办幼儿园大面积转公办,我就这样诚惶诚恐地接手了一所幼儿园。

这辈子从未想过要涉足6岁以下小屁孩领域的我,开始了全新的生命历程。

有时候,人生就是这样的猝不及防,没得选。或许你渴望的,在远离;而你拒绝的,却时常迎面而来。

对所有迎面而来的,唯一能做的就是:迎上去,保持步履不停。

9月1日，网络黑色幽默版开学战争片早已制作完成上线，画面往往是层云密布，山雨欲来风满楼的危机感，放到现实中幼儿园开学的第一天，可谓是相当应景。

看到不少幼儿园的孩子第一天入园的新闻，气球、公仔，各种装饰华丽锦簇，大人对着镜头表情到位，笑颜如花，只是一旁的孩子，一脸愁云惨淡不知所以，眼神里有种进黑森林之前的恐惧。

我能理解那恐惧：好不容易在父母的宠溺下长到3岁，在步入人生第一个江湖的"危险"时刻，不是所有孩子都有好心情，能笑得出来的。

他们不说，但一定知道，只要是江湖，必不可能全然云淡风轻，只有长歌与微笑，也会有刀光剑影，规矩和惩戒，还有，进入陌生天地的焦虑与不安。

因为好奇100多名稚子第一天跨进幼儿园是个什么动静，我早早就守候在了幼儿园的门前。

好奇，总是引领着勤奋与努力，是好奇让你千山万水地跋涉亦不觉疲累。

在大门口就开始哇哇大哭的，大有人在，一个小胖孩，扭麻花一样从妈妈怀里扭到地上，又从地上扭到爸爸身上，又扭坐在地上，体胖头大中气足，肺活量惊人，哭得惊天地泣鬼神，把一贯能淡定"睇鬼片"的我震撼得几乎呼吸要暂停。

年轻壮实的父母，被小胖孩反复蹂躏折腾，目光中真的有看得见的绝望。

做教育的人第一反应永远是，从现象看到本质：他们前三年的养育大概多少有些问题。

一个女孩，那么小那么乖巧那么忐忑，被穿着阔腿裤大块头的爸爸牵到班门口，交给了一片混乱中满头大汗的老师，当爸爸的却迟迟不肯离去。

年轻的爸爸近两米的个子，趴在高高的玻璃窗外，张望，叹息，好像将一块价值连城的美玉易了手，百般的不放心。

我们轮番劝说家长们，你们离开得越快孩子适应得越快。

大个头爸爸点着头，往中庭走几步，又折回去，再看看自家的心肝，再看一眼，实实在在的不舍得。

我望着他宽阔得几乎遮了一扇窗的背影，想着等到他闺女出嫁那刻，传说中"哭成狗"的估计就是他这样的了。

高大壮硕的男人，心思却格外细腻，就特别有种反差的喜感。

好不容易，那个扭麻花的孩子张牙舞爪地进了班。

他一个人就可独占一个老师，没办法，他不但闹，还跑，力气大跑得也快，老师们不得不像老鹰抓小鸡般在走廊上追他，一把将他抱住，紧紧抱在怀里，生怕他挣脱出去。

将他带去一旁的午休房里，百般哄，陪他在那里搭积木，任他哭一阵玩一阵，终于，不再挣扎，仿佛认命了。

经验丰富的园长迅速调了大班的老师来支援，30个孩子的小班里，妥妥林立着6个老师，仍如一锅粥，沸腾腾的。

记得刚入职时，也曾被学生气哭，看着眼前的情景，想着如果当年入职的是幼儿园，我便跟他们一起哭算了。

另一个小班里，大部分孩子已经安抚好了，一个女孩在保育员臂弯，嘤嘤抽泣；一个小男孩躺在垫子上心事重重，独自伤心。

那个头发微卷的大头小子，坐在桌前，冲着虚空，咧着嘴嘶吼，莫名的巨大的悲伤使得他自顾自地哭，眼泪哗哗流，朝左边哭朝右边哭，转头朝后面还是哭，好像这一刻，只有竭尽全力地哭，才是唯一正确的事。

最神奇的是坐在他身边的几个孩子，对他的撕心裂肺无动于衷，满脸是将这哭嚎当作了嘹亮版"莫扎特"的淡然。

看得我都觉得惊异不已。

我推开门走到那个哭孩身边，朝他伸出手，他立刻扑进我怀里。

抱他到窗口，听他呜呜咽咽地说着要去哪里，说着我听不清也听不懂的事。

满脸的眼泪，鼻涕吹着泡泡，抽泣着，也许是哭累了吧。

也许他只是需要被拥抱，哪怕抱他的是陌生的我。

当终于哄好另一个哭娃的老师从我手中接过他时，我看着自己手臂上的压痕，真的心疼那些身材苗条又柔弱的女老师们。这些，竟是她们的日常。

女人们的能量与本事，真的是无法想象。

老师们将课室的玻璃门关严实，还要拖来桌子凳子抵住。一屋子初入江湖的新生，一个个的都想冲出去寻亲，不关好门真的会抓不过来。

满屋子的闹腾声中，有些孩子显得异常安静。

园长说不哭闹的孩子今天只是有点蒙，还没有反应过来，所以不哭。等晚上回家就反应过来了，明天再正式开始，该哭的哭，该闹的闹。

是个坎，人人都得过。而且，得过去。

自然地，我想起自己的孩子。

逸陶第一天进幼儿园也是笑着跟我们说再见，无风无浪的，当时我还拍拍胸脯说好彩（广东话：幸运的意思）。

只是，等到我下班回来带他下楼去玩时，才发现第一天从幼儿园回来的他少有地闷不吭声。

到了睡觉时，他才反复哀求："妈妈，明天不去幼儿园，不去幼儿园好吗？"

然后，我的黑色九月才正式拉开序幕。

然后，他成为幼儿园的知名小孩，每天园医进班检查，他都会拉着园医的手，眼泪汪汪地说："阿姨，你带我去找我妈妈，我要去找我妈妈。"

内心瞬间回忆起牵着他小手的甜蜜感觉，无限美好。真庆幸，自己经历过。

虽然，跟时间的赛跑谁也赢不了，可，你也输不掉曾经付出的爱。

中班小朋友的花白胡子爷爷执意要进幼儿园。我们说中班的小朋友不能送进去，老师会带他们上楼的。

老爷爷一脸的道理，说："你看，他肩上挎着被袋（*都是又轻又薄的小毯子*），还要背书包，怎么上楼？"

我们指着旁边个头更小的女孩，说："她也是自己背书包和被子啊，她都可以自己上楼，你家男孩更可以了，放心吧。"

望着已经上楼梯的孙子，老爷爷生气地朝我们扔下一句："你们真没人性啊。"

"没人性？我们？"我嘀咕着重复了一遍，和园长相看一眼，忍不住地笑了。

望着爷爷愤愤离去的身影，我理解老人对小孩子那种疼惜，恨不得替他做一切事受一切罪。在存额不足的年岁里，他们只需要在有生之年尽情去宠溺那个幼小生命就够了。

幼儿园活动中扮演江湖侠客的小朋友

而父母不行，父母是要为孩子的未来着想的，他们懂得那些吃过的苦，受过的累，哭过的脸，跌过的跤，都是一种试炼，能让孩子更好地走向未知的险恶的浩荡江湖。

老人只顾着眼前也只需顾着眼前，因为，这和生命的长度有关，跟他还剩多少时间有关。

萨冈在《你好，忧愁》中说："人哭着降临人世，并不是无缘无故的，接下去只会是哭声的减弱。"

会有更多的难与苦，但，以后长大，就再不能肆无忌惮地哭了，只能被村上春树提醒着："你要做一个不动声色的大人了，不准情绪化，不准偷偷想念，不准回头看。"

好吧，一个个稚嫩鲜活可爱的生命，用哇哇啦啦的痛哭在对我们说："初入江湖，请多多包涵。"

赶在警察破门之前

站在走廊上,看着校园高塔上的大笨钟正好指向4点40分。

此刻,学生已经放学回家,只有训练队的同学在操场跑步投篮,做班级清洁卫生的孩子在进行最后摆桌椅和倒垃圾的工作。

天气晴朗,明媚耀眼的斜阳照在花坛里盛开的艳红簕杜鹃上,为初夏平添了几分画意。

我走进办公室,准备晚上开家长会的资料。

听见走廊上蔡老师在找隔壁办公室的副校长,语气急切,大意是有学生把教室前后门锁死了,打不开。

然后,我看见副校长急匆匆的身影从我办公室门前过去——又有调皮的学生搞事了。

不过,这个学期我开始分管教学工作,新来的副校长负责学生教育工作,所以,我提醒自己先稳稳,不要盲动。

过了十几分钟,到底没忍住,走到过道上踮脚看,好像三年级2班窗口搭了椅子,有人在做工作,不是蔡老师也不是副校长,大概是小孩的妈妈。啊,难道是学生在里面?这可是新状况。不过,妈妈都请来了,应该很快就能解决了。

我紧紧拉住自己那颗好管闲事的心,又折回办公室,坐下。

又过了几分钟,校长在门口叫我,说一起商议一下对策。

出来过道上一看,副校长在,安全主任在,还有专门负责学校门锁之类杂物的师傅也在。

校长神情凝重,三年级2班的门现在还没有打开,小孩妈妈也来了,几个老师都上阵了,怎么劝小孩就是不开门。再不开,我们得叫警察带工具来破门了。

副校长更是担心,说班里学生的书包还没来得及拿出来,为了不影响同学们放学,老师已经让大家排路队先回家去了,等晚上开完家长会再让家长将书包带回家。不过,现在都五点多了,还是叫不开门,这个班今晚的家长会可够呛……

我这才知道,还真不是调皮孩子随手锁了门要找钥匙来开，而是，有学生故意反锁了门在教室里闹情绪，并且，只是个三年级的娃。

迟疑了片刻，实在有点不太相信，心里犯嘀咕：三年级，八岁的娃，真搞不定？得找警察来开锁破门？

大家面面相觑着。

"给我几分钟时间，我上去看看。"

虽然勇气可嘉，其实，我内心并无把握，我只是要赶在让警察来破门之前，尝试着去做点什么。

没多想，转过楼梯角往上走，心想，若让一个八岁的孩子闹得鸡犬不宁需要找警察破门，还真是有点丢人的。

来到班级门口，见小孩的妈妈还站在椅子上，冲教室里面苦口婆心地哀求。班主任已经战斗过一轮，此时站在关闭的门前一筹莫展，看到我仿佛看到救星，急忙问："陶校，你看，怎么办？"

我也不确定该怎么办，但，对于教室里的学生，估计大家都是哄他求他跟他说好话，那，我不能陷入这个套路。

"孩子叫什么名字？"我只问了班主任一个问题。

"周晓晓。"

我并不熟悉这个名字，但，好歹试一下吧。

我对椅子上的妈妈说："请你先下来。"

我踩上椅子，看见昏暗教室里的孩子，有点眼熟，但这时已经不能再去想其他的了,我高声唤他:"周晓晓,你过来。"

那个瘦小的大眼睛男孩好像愣了一下,往窗户边磨蹭着靠了过来。

嗯,有戏。

"你知道我是谁吗?"我口气严厉,不容置疑,"我是陶校长,认得我吧?"

他点头。

只要他有反应就有希望,我用严厉又不失温柔的声音对他说:"有什么事情出来跟我说。现在你自己去把门打开,你看是开前门还是开后门。再不开门我们要找警察来了。"

他抬头看着我,好像在思考什么,然后快步走到后面,没有迟疑地将后门打开了。

我一把将他拉过来,抚摸着他的头,说道:"你有什么委屈?告诉我,或者告诉蔡老师都可以,但锁门不是个好主意。"

他开始抽抽噎噎地讲着今天打扫卫生时几个同学欺负他,对他挥拖把……我耐心听他讲完,将他交给在一旁急得一脑门汗的妈妈,并对她说:"先跟妈妈回家,好好想想今天的事情,明天再来跟蔡老师说清楚。"

从三楼走回办公室的路上,感觉自己受到了英雄般的待遇，大家看我的眼神就像看一个解答出难题的学生，纷纷说道："陶校，厉害哦！"

"不要再表扬了，我都快要走不稳道了。"我开着玩笑。

当然，我心里很清楚，因为校长和副校长都刚来学校不久，学生对他们的认识程度不高，我不过是沾了自己在这间学校有五年工作经历是老员工的光罢了。

而且，我有关于周晓晓的秘密。

两年前，周晓晓刚就读一年级时，有一次他因为从楼上扔书包下来被送到安全主任办公室进行再教育，安全主任才刚问一句"怎么回事"，他就将校裤、底裤、鞋袜脱光甩开，一脸倔强地站在安全主任面前了，那个恐怖又可笑的场面正好被巡视的我撞见，当时对这个六岁孩子的举动真是惊骇不已，记忆犹新，没想到两年多的时间，他又干出这震惊全校的"大案"来。

直到刚才开门的瞬间，我才将奇倔的他与前事对上号。

另一种隐秘的缘分，大约也是命中注定吧。

我六岁那年的某个周日，爸妈答应带我去公园玩，却临时因为好天气而改弦易辙变为洗衣晒被的家务日。我得知期待已久的公园游无望后，幼小的心灵仿佛受到了一万点的暴击，内心那个倔强的魔鬼驱使我做出了一个自己都不能理解的举动：搬了小板凳坐在屋子中央，锁了前后门，任楼上楼下的叔叔阿姨帮腔叫门坚决不开。

最后，我那斯文的文字工作者爸爸忍无可忍，一脚将后门栓扣踹开，送上一顿"竹笋炒肉"，让我铭记一辈子，也成为全家族聚会时的谈资与笑料。

想着这些前尘往事，想着这个孩子的今日与未来，觉得有种冥冥中的亲近。

这学期，我开始在四年级2班任课，周晓晓却转学了。

第二节课里有个环节是，说说班里同学有哪些需要改正的行为习惯，某个学生举例说到周晓晓。

我立刻叫停："人都走了，就放过他吧。"

那个孩子有点沮丧地坐下后，我恍惚了一下，对于周晓晓，我也许是偏爱的。

他转身离去的背影

打铃上课后的校园显得格外的安静,稍有喧哗便能让人心头一激灵。

一阵不协调的高声对峙使我的小心脏嘭嘭乱跳,人已瞬间冲出办公室。

出门一看,不远处,一个神情狂躁的老头,站在走廊上跟一年级的刘老师争执着什么。

我疾走过去压低嗓音一声断喝,把老头带进办公室——先止暴制乱,再厘清原委曲折。

对待哇哇乱叫的人,我总是把音量放到最低,以便形成一种示范效应,我说:"您在走廊上那么高声大叫,全校的

大雨中的菩提树

班级都受影响，有什么事儿您到办公室慢慢说。"

老头瞪我一眼，满脸倔强模样跟我走进办公室，坐定，气息喘得均匀些，眉头不再缩皱纠结在一起，眼神也温和了，渐渐地，变回一个老爷爷的模样。

老爷爷说他早上从龙岗过来的，想看看孙子。可是，老师不允许。

我赶紧晓之以理："老师当然不能允许呀，这是为了保障孩子的学习和安全。不过，为什么要在上学时段来探视？等孩子放学不好吗？"

如今的我，对任何回答都不再觉得惊讶，要知道，家庭故事永远只有更离奇没有最离奇。

"儿子离婚了，孙子判给了儿媳妇。外婆每天接送一年级的小孙子，我根本没有见面说话的机会。想孙子啊，希望学校能单独开放一个课间时间，让我可以进来看看小孙子。"

老爷爷絮絮叨叨地诉说着，竟可怜巴巴地抹起泪来。

"您作为小孩的爷爷，包括小孩的爸爸，都是有探视权的呀，你们可以协商好，在放学后约定一个具体时间进行探视才对，跑学校来闹就不对了。"我知道自己语气中的温柔是因为内心的悲悯。

"我们家的情况非常的复杂，"老爷爷停顿了片刻，

"当年是孩子妈妈在广州拼命追求我儿子的,我现在还保留着当年她写给我儿子的信件,结婚生了孩子后没多久,就开始吵着要离婚啊,后来……"

我竭力压制住对他儿子和前儿媳情史烂账的好奇心。

虽然原则上学校是不能在没有预约的情况下让家长随便进出的,但,我还是答应会认真对待他的申请,会找学校安全部门商量。当然,学校还要跟孩子的监护人协商,要征得监护人的同意才行。

"求求你,千万不要告诉孩子的妈妈,他妈妈知道了,一定不会让我见孙子的。"老爷爷紧张万分,从随身的包包里掏出一叠资料,"我们是上过法庭的,这是我准备的资料,你看看,就知道她是什么人……"

我犹豫了一下,没有接过那一沓材料。虽然,我对复杂人性充满了探究的欲望。

"好吧,请您下周过来,我们会给您一个答复。"

我跟一旁还在生气的班主任刘老师说:"请孩子的妈妈下午来一趟学校吧。"

拒绝是简单又容易的事,但,我的心里,对一个想看看自己小孙子的老爷爷,却抱着并不算理智的同情。

下午还不到上班时间,一位衣着简单又不失端庄的年轻女人已经等在办公室门外了。只是,她始终紧蹙双眉,不是年轻妈妈该有的那种自洽的状态。

坐下后,我说明了找她来的缘由,她似乎一点也不奇怪地也从随身的包里掏出一沓资料,说:"你看看,这是法院的判决。"

我轻轻推开资料,说:"你就简单说说什么原因不让爷爷探视孙子吧。"

年轻的妈妈说,去年她和孩子的爸爸离婚后,爷爷就把判给妈妈的小孙子带走藏了起来不让他出门,形同囚禁。小孩现在说起爷爷,都还感到害怕。

妈妈眼圈红了,说:"你知道吗,有一个多月的时间我们不清楚孩子的去向。"后来,她只得以孩子失踪的名义报警,通过警方才将孩子找回来。在这整个过程中,小孩的爸爸从未出面,孩子回到她身边后他也没提出要来探视孩子。

"我也很伤心,"年轻妈妈低下头,"后来还有两次,他爷爷又以买玩具、带孩子吃饭的方式想再次偷偷接走孩子,因为我们已经警觉才没有得逞。有这样的经历,我哪里敢让孩子见他爷爷?他爷爷这个人……"

我无声叹息着,老人啊,已经无力掌控人生太多的弯道了。

我能做什么呢?我不是审判员,对这样的家务糊涂账也无意查证。只是,我望着神色沮丧的妈妈,劝说道:"孩子的爸爸再多不是,也是他爸爸,孩子的爷爷虽然有行为不妥也是他爷爷,血缘的关系是永远都在的,还是该摒弃前嫌多多沟通,给爷爷和爸爸一个探视孩子的时间。闹到学校来总归不是个事儿,闹大了,对孩子影响也不好。"

"我给他爷爷打过电话呀,"妈妈一脸委屈,"希望他或孩子的爸爸定期到家里来看看孩子,但他爷爷这个人,完全无法沟通,一打电话他就挂掉,还跑到我公司里来闹过,我也管着十几号人,实在是不知拿他怎么办。"

回想早上在走廊上跟老师争吵的老头,他可能也是满肚子的心酸吧。

"那你觉得让爷爷偶尔来学校看看孩子,怎么样?你是孩子的监护人,我们必须征得你的同意。"

年轻的妈妈出神了片刻,说:"只要能保证孩子的安全,不让他带走孩子,我没意见。"

本没有义务理这些事儿的,可从情感上讲,亲情也好,其他情谊也好,我总不希望太过生硬地去对待。大人再多的怨怼,于懵懂的孩子来说,爱,才最重要。

那个咆哮的老头,也许怨儿子恨前儿媳,但,对孙子,绝对是爱的,虽然方式有些偏激。

几天后,老爷爷如约从龙岗赶来,我们让他在一份安全协议上签了字,提醒他如有违反,就会停掉他来学校探视的特权。

他抖着手签了字,眼里泛着泪光,说:"我以为你们不会答应的,谢谢你们。"

一个多月的时间里,偶尔,我在走廊上看见那个老爷爷,他一脸慈爱地看着和同学们玩耍的小孙子,静静地端着手机拍几张照片。

我们会相视笑笑,并不刻意打招呼。孩子一进教室,他就无声地离去。

我不知道那样的时刻,他是否心满意足。但,他有了表达爱的途径应该会开心一些吧。也许,若干年后,那个幼童渐渐长大,能够体会。

故事如果到这里结束还算是充满温情的,可,现实偏爱残酷,我不想遗漏那个悲伤的结尾。

某天黄昏,老爷爷有点蹒跚地走进我办公室,迟疑了一会儿,说:"老师,以后我不再来学校了。"

"怎么了?"

"孩子已经跟我不亲了,我叫他,他也不理我,也不跟我打招呼。"老爷爷手足无措的样子,"真难过啊。不过,我知道不是孩子的错。"

他苍苍白发的头颅深深地低了下去,仿佛知道了这一世时光里,那个曾经和他亲昵的孩子从此与他再无亲热的关系。

我不知该如何安慰。

人世间多少情与爱半途而废,无所依附,最后,都飘散在了风里，伤与痛，都得靠自己默默咀嚼，在暗夜独自消解。

生命里，我们都想努力抓住些什么，最后却发现两手空空。

我再也没有见过这个老爷爷，只记得他转身离去的背影，满是哀叹与无奈。

王一般的存在

下午4点10分,跑操的律动音乐响起,校园如饺子开了锅,沸腾着翻滚着,如果有人来办公室谈事儿,就得将门稍稍虚掩,要不然,费嗓子。

在这种乱哄哄闹喳喳中,一个爆破音划破充满浮尘的空气,因为太过炸响,听不清一个字。

冲出去朝走廊下面一探头,果然是篮球队在内操场训练,黑塔似的外聘教练,以身体为轴,挥舞着长长的手臂,把那帮篮球队的娃儿们收拾得服服帖帖——他们的身边是来来去去的班级跑操队伍,但,他们的眼里只有那唬人度满分的教练和他连珠炮般呼啸而来的怒吼。

这个周末要开赛,看来教练急了,连跑操这般嘈杂的时间都拿来在内操场训练了。

内操场被回廊形的教学楼环绕着,一点动静都能被放大百倍,更何况是这位"爆裂"教练。

每日下班后,我喜欢在校园里逗留一阵,赏赏花,春天有紫薇,冬天有簕杜鹃,秋天有桂花,夏天有白兰花,都值得消磨日落前后那段安静美妙的时光。

但,这位篮球教练平地一声吼,能斩断你所有的梦幻遐想,将你拉入残酷现实。

十六个小兵,在他麾下,被他摔打揉捏呵斥着,只为锤炼成能上阵杀敌且不自损的强兵猛将。

队里那个最高个儿的六年级学生,绝对是他打击的主要对象,"你呀,六年级了,什么都不会,你看看你"。

当然,这样的话从来都不是说出来的,是一边跑动一边手指着嘶吼出来的。

教练真的,太费嗓子了,话赶着话,语追着语,字字从肺腑里喷涌而出,再经过粗糙的嗓门迸发出来,只要他在校园里训练,再祥和安宁的校园,都透着杀机。

"你怎么老这样?教了二十遍了。"

"防守人的距离你们打这么久了,什么叫打拆,跟防守人拉开距离呀,我给你们最后一次机会,要不然今天……"

教练嘴跑得太快偶尔也会脑子短路，不知该怎么罚这帮不上道的学生才好。

我在一旁就笑了。

当然，只敢偷偷地笑，一个那么高大帅气的男人被我的学生他的队员气得鼻子歪、嘴角冒泡、眼睛喷火的，我哪好意思把笑挂在脸上。

"一次进攻没成功打第二次第三次，直到成功为止！"

好吧，这样的惩罚，实在算是仁慈。

看得出，每个队员都在卖力表现，巴望得到教练一个肯定。

当然了，那是不可能的。

体育老师跟我讲过，这一批孩子被疫情耽误了将近一年的训练，没有时间的积累，意识再到位，你的手感、肌肉记忆不在，就是会有明显的差距。

的确，运动项目不是选秀，不是星探眼光好就能选到好演员，手和球的感觉是骗不了人的，凭模样靠精神夺不了冠。

深以为然。

"怎么防守啊？"

"那么大一片地方不能站吗？非要挤成一团。"

那声嘶力竭中充满了歇斯底里的释放和恨铁不成钢的无

晨练中

奈,"差生! 还天天自我感觉良好"。

"学东西要动脑子,团体运动就要合作,合作就要有语言上的交流、手势上的交流。"

"知道为什么叫竞技体育吗? 它鼓励身体对抗,不是用蛮力,要动脑筋。"

"你在这里拍球,屁股对着篮筐有什么意义?"

"拿球快一点，不要浪费时间好不好？"

若看到某个同学的动作遂了他心意，便忙不迭指点："你看到没？什么叫灵活变通？"

我发现，这位教练夸人的方式很特别，他用对另一个人的不满意来表扬他觉得满意的，而场上被骂得狗血淋头的一个个似乎还挺受用。

十六个被虐的队员不时被教练大手一挥，"跑五圈"。

每人手里捧着一个篮球，一句怨言也没有。

教练边跑边吼："给球给球给球给球。"

有时候哇啦哇啦喊着："防守防守防守防守！"

我一天天地听着，某天，猛然发现，这些还未变声的男孩子的喉咙里，隐约发出了类似教练嗓子里发出的那种带着爆发力和勇往直前气势的声音。

那种声音，在告诉对手："不要小看我。"

"我们已经不再是小绵羊，我们是——狼！"

一个要带队伍上赛场的教练，不就是需要将一只只可以任人宰割被欺负的小绵羊打造成充满巨大力量可以控制局势的狼吗？

教练，永远无法被满足，在他眼里，你浑身都是瑕疵与破绽，不仅光腚还可能裸体，如果你被对手打得满地找牙，打得输掉了底裤，还有什么尊严可言。

所以，我理解了他的愤怒，和因为愤怒而发出震动空气的咆哮："我们的目的是把球打进篮筐，它有很多的方法，所以，你们要懂得变通！变通啊！"

"这是什么防守啊？这防守怎么这么差？"

"滚蛋！"

爬，爬，爬。队员们手脚着地满篮球场爬着，这当然是在训练协调或攻防能力，心疼不能解决问题，这个就要带队出征的男人，不想输得太难看，不狠心哪成。

"马上要比赛了，就这个状态去打，你们是去逗人乐的吗？"

没人理他，他像带节奏似的满嘴出溜地数落："不要浪费时间，快点快点！"

孩子们倾尽全力地爬着。

这一刻，突然觉得教练也是孤独的，他没有援手，也没有捷径，唯有死磕。

而我，天天放学后守在篮球场，就是爱看他那种置之死地而后生的不顾一切。

他叫出队员示范，五对五防守，全场紧逼，对体能消耗很大。

他拽拉其中一个队员，说："对防守人要有身体上的对抗。"

"防守接球的人看啊，要动脑子思考。你看你看，他运

班级篮球赛

球又没看人，发呆。"

"用点力，顶顶顶看清楚了吗？"

所有的标点符号都是我根据需要点上去的，教练全场奔跑急吼怒叫的时候是没有标点符号的。

"紧逼你怎么办？"

"刘兴远发球，陈漱渝接球被紧逼了怎么办？"

"去，拿球来，我讲个最重要的东西……"

他走到球场边的小白板前，队员们迅速围拢。

教练压低了音量，边讲边涂涂画画，站在外围的我一个字也没有听到。

如果耳朵能随着心思猛长，估计，我的耳朵一定如《沉睡魔咒》中会伸长的枝条一般，蜿蜒着攀过队员们的肩膀、手臂和头颅，直接伸到教练面前。

"防守！后腿要发力啊，往上蹬的动作前脚掌着地。"

队员们一边做出防守姿势，两臂张开满场跑，一边学着教练的声音怒吼："防守防守。"

"两人一组。给球。要看后面！"

教练吼，队员在两边狂喊："给球给球！"

"四年级防！五年级顶上去！顶上去！把重心卡在下面！眼睛盯着胸口位置，顶上去顶上去！不要用双手去抓，那是犯规动作。"

"太慢太慢了！怎么跟你们说的，肩膀往前压。"

"加速加速！太慢了！重做重做重做！"——就算你站在隔壁小公园也知道教练此时有多么的气急败坏。

一个篮球滚到我脚边，一个斯斯文文的孩子冲过来拾球，我轻声问他："教练这么厉害，怕吗？"

他一脸让暴风雨来得更猛烈些的凛然，说："不怕。"

是的，知道自己技不如人该骂。

反正是自己的兴趣所在，多少孩子想进这支队伍都杀不进来呀，进来了谁还怕被教练骂。

怎么骂也骂不跑，才是教练的本事，也是孩子的真爱。

陪练的体育老师为我解惑，他说能进篮球队的孩子，不光身体上强壮一些，心理上的韧度更强，挨骂被吼对他们来说都不是事儿。

也对，动不动就哭鼻子的娃儿哪能来打篮球练田径。

只是，如今老师们个个都变得温情脉脉，再生气也只是一声叹息。

你说严师出高徒，更多人说阴影才是人生常态。

于是，外聘教练如入无人之境，咬牙切齿，随时都会将你撕碎一般，把每一个战术、技法和不满，炸雷般地砸向他的队员，这王一般的存在，看着真的很爽。

运动会上的"武功秘笈"

刚回到办公室处理紧急公务,五年级的媛媛跑进来了,说请我去颁奖。

运动会的第一天,跳绳拔河的几个团体项目都在今天完成了,估计是要颁发一个团体奖吧。

来到阳光灿烂的主席台上,高低错落的领奖台第三名的位置上,已经站了一个懵懵懂懂的小男孩,大大的眼睛,站得歪歪斜斜的,看起来很不得劲儿。

果然是给一年级的三分钟跳大绳项目颁团体奖。

这个大眼睛小男孩是代表一年级4班来领取三等奖奖状的。

另外两个班的领奖人都还没有到,大队辅导员正在用麦

接力赛

克风呼叫。

唯一的小男孩用无辜的眼神看着跟他一起在等待的我，问："老师，我可以走了吗？"

"哦，不行啊，等另外两个班的同学来了，把奖状领了才能走哈。"

"我真的想走了，你让别人来领奖吧。"

"啊？"我几乎即刻石化，竟然有人不想领奖。

一贯地，这都是一个被孩子们争先恐后抢着希望降临在自己头上的荣耀片刻啊。

"真的，老师，让我走吧，你让别人来领奖吧。"

看着满操场欢乐的人群,听着大队辅导员焦急的呼喊,我直接傻掉了,不知如何是好,只好问:"你,是有什么事吗?"

真的是傻掉了,我拍了一下自己的脑门,开运动会呢,老师安排他过来领奖,他还能有什么事。

"是啊,我们在玩游戏,很着急的。你就让我走吧。"

哈哈,我懂了,玩游戏,对一个六岁的娃儿来说,有时候,不,很多时候是比所谓的荣誉更重要。这一刻,我完全找不到合适的理由反驳。

好在一年级5班戴着眼镜的东东小朋友站上了一等奖的领奖台,算是拯救了崩溃边缘的我,我扭头对急于离开的小男孩说:"你看,就差最后一个同学了,很快的,你稍稍等一下哈。"

那一刻,真的感谢他没有扭头弃我而去。

三个孩子总算到齐了,我从礼仪队同学手里接过三张奖状,先给这个着急去玩游戏的孩子递过奖状,正要说一句鼓励的话来着,他心神不宁地拿住奖状就准备从领奖台下来,并着急地说:"我走了哈,我可以走了吧?"

"呃,你再等一小会儿,坚持一下,等我发完另外两个同学的奖状再走才是好孩子。"

他无奈地看着我,满脸嫌弃。另两张奖状发放完毕,他立刻跳下领奖台。

瞬时被站上主席台的大队辅导员一把截住，说："拍个合照再走。"

然后，我看到的这张颁奖合影里，我们都笑得很开心很认真，只有他，真的是一脸百无聊赖的绝望表情。

看着小娃飞奔而去的背影，我和大队辅导员及摄影老师笑得直不起腰来。有生之年，谁知道会有怎样神奇的人、事在等着我们啊。

跳远现场的整条助跑道都用隔离带隔离起来了，避免运动员受到干扰。

我跟一大帮家长和同学站在隔离带前，头看向左边，再随着运动员的奔跑——起跳——落坑，看向右边。此刻，若有人在我们身后拍一段小视频，一定很有卓别林电影里的味道。

右手边的一个小男孩看得很是认真，比赛间隙，他仰头望着我，问："老师，什么时候轮到三年级啊？"

"哦，现在是五年级了，接下来四年级，然后就是三年级了，很快的。咦，你是参加比赛的？"

"是呀，我都等不及了。"他的眼神里都是对这一场比赛的期待，也有小小的心焦。

"不要着急，叫到三年级你再过去就是，祝你取得好成绩哦。"

"谢谢老师。"他扭头继续看比赛。

突然，观众队伍一阵骚动，三四个小女孩挤了过来，她们叫着男孩的名字，其中一个女孩递上一张画得满满的A3大小的手抄报，说道："这是我特意为你参加比赛做的，给你加油。"

男孩有点不相信似的，问道："为我画的？专门为我画的？"

是啊，一个绑着马尾辫，估计疯跑了半天所以头发有些凌乱的女孩大方地承认："就是为你画的。"

一旁两个年轻的家长很会来事地张罗："来来来，给你们俩拍个合影吧。"

于是，男孩有些腼腆地将手抄报举在胸前，女孩开心地用手比出大"V"高高举过头顶，头也狠狠地侧向男孩。

华南师大毕业的陈老师在篮球场含笑观望着这一幕，我们心领神会地齐齐笑了好一阵儿。

她用过来人的口气感叹："女孩子呢，都喜欢那些运动强人啦。当年学校有些女生迷恋某个男生，我说那个男生长得又不好看，有啥着迷的咧，人家说'他是篮球队长，篮球打得好帅'，哈哈。"

想起自己读师范的时候，低一届的篮球队队长好像也有这样的魅力，班级的女孩子前赴后继往上扑，最后，个子不高的他娶走了班里身材最好的妹子。

"你呢，"陈老师不忘补刀，"每次运动会，你不都追着六年级那几个跑得最快的男生，端着相机哇哇地叫唤，身份年龄通通抛掉，每届六年级都说你是他们男子接力赛的死忠粉。"

"我错了我错了，要博爱要博爱。"一点小心思都被窥探尽，哈哈，很是没面儿。

对于一个容易入戏的人来说，我是不敢看完全校几十场拔河比赛的，虽然，真的好看。

哨响之前，两边剑拔弩张的架势，让裁判员不敢有丝毫放松，那根看似静止的大粗绳上可是凝聚着千钧之力。

孩子们一个个拿出了吃奶的劲儿，观众们不声嘶力竭为他们加油哪好意思呢？

所以咯，所有观看拔河比赛时被拍到的照片不是面部神经扭曲就是血盆大口龇牙，实在是过于"亲民"，回过头来看也觉得那一刻的自己，是妥妥的怪兽一只。

眼见着五年级4班用两秒将绳子拉过界线，以为他们班是匹黑马，结果，还是班主任了解自己班的实力，她说："你刚才看到的这一场，是跟年级最弱的一支队伍比赛。"

可不是，下一轮，他们就毫无悬念地出局了，实力，在拔河这项运动中真的是起决定性作用的。

二年级最苗条的班主任，竟带出了一支最彪悍的队伍，

加油

看他们一场又一场,只赢不输,很是过瘾。

越赢越兴奋。我似乎看到了拉拉队的力量输入,那口令响彻校园的上空,连阳光都被震得抖了抖,"1——2加油,1——2加油……"

拉拉队的领队家长墨镜加持,一身红色运动服,精瘦身板,远远望去,手势利落大声咆哮,有点气焰嚣张。

到下一轮,又变换成口令"123——拉,123——拉",还是稳赢。

好奇,为什么要改变加油的节奏和口令?

带着扩音"小蜜蜂"嗓子已近报废的班主任得意地告诉我,他们班的家长说了,这是根据对方的情况特别制定了不同的口令,第一个对手不太强,速战速决,一把拉过,既让对手措手不及,又尽可能给孩子们腾出时间恢复;第二个对手比较壮,得稳,先要压得住。

那一刻,我的表情一定像个呆鸟,仿佛看到《射雕英雄传》里的武功秘笈流落民间。

难怪那天有个主任在走廊上神秘地告诉我,某某班的家长带着一群孩子在学校后面饭堂门前练习拔河,他走过去,出于关心,跟家长说:"这地方太小,你们到操场那边去练习呀。"

班主任将他拉开,悄悄说:"家长正在给孩子们传授拔河秘诀,不想被别的班发现,这个地方比较隐秘,合适。"

看来,这世间的事,就算是搬个石磨或倒拔垂杨柳这种看似纯力气活儿,也都是有窍门的,只看有没有人愿意传授给你。

不服不行。

新洲村往事

天气阴沉的午后,我和梧桐(*我的同事*)从南北两路来到新洲村,在街巷里漫步。闲逛街边的奶茶店,新洲花园的地下菜市场,树木葱茏的新洲一街,店铺敞亮连绵的牌坊街。

城市繁华地域里,改造后的都市村落,一切虽不再似从前,却依然生生不息。漫步其间,到处是变化、闪亮与惊喜。

下雨了,黄昏里天光渐暗,我们各自撑着伞,站在新洲九街的人行道上,眼前来往车辆拥塞,车灯辉映,对面那栋原址重建的学校,仍是我熟悉的一抹春绿,但那崭新的建筑

绿树掩映下的校园

却带来无可逃避的生疏感。

校园旁，就是新入驻的区教育局。相当长的时间里，那栋四方的楼是一间知名的连锁酒店，如今将外墙刷成跟大环境格格不入的浅色调，但不变的布局，还是让人对那一扇扇窗户产生出酒店房间的错觉。

我与身边的梧桐相视感叹，多少短暂而悲情的爱恋，曾在这些街区的角角落落隐秘生长，交织发展，最后又悄然消亡。

世间之事，蜿蜒曲折，却有始有终。

二十多年光阴倏忽而过，新洲村中，留下了无数过往记忆，而更多的东西，你看着它变化，远去，再也触摸不到，就像那热情无邪的青春岁月，无情地荡然无存。

有一个可笑的问题是"时间都去哪儿了"，你自己挥霍的分分秒秒，日日夜夜，反而要问它去哪儿了，显得很不厚道。

当年希音从湖南来看我,我带他去道路坑洼不平灰扑扑的新洲村里找店子吃饭,在那间简陋肮脏的小饭馆里,他满脸同情地望着我,说:"云杉啊,你,怎么把自己弄到乡下来了?"

我迷惘地想,是呀,怎么就把自己弄到乡下来了呢?

在遥远的1994年,说没有困惑,绝对是假的。

只是,自己挑的"乡下",含泪也要撑一撑。

然后发现,人生抉择的总和约等于命运。

那时的教育局还存在于福星路一栋有个小院的破旧楼房里,每次要去教育局学习或者开会,就得在新洲村路边搭乘脏黄色的稀烂中巴车,中巴车在不平整的土路上颠簸,歪歪扭扭地开着,车子四下透风玻璃哐哐啷啷。

如果还有一辆中巴车在前面跑着,我们就会在它屁股后腾起的遮天蔽日灰雾里老老实实吃一路灰。摇晃得让人散架时,我会产生一种持续的怀疑:是不是,我被蛊惑了,在过着另一个人的梦境人生。

当中巴翻越崇山峻岭般在福星路上被一声"有落"(*广东话:意为有人要下车*)刹停后,我像个沙袋似的,终于被卸在了路边。挺直腰板,深呼吸,好半天才让自己缓过劲儿来。

从包里拿出准备好的一截纸巾,蹲下身将看不清颜色的蒙尘皮鞋擦拭干净，再用手指梳梳头发，指尖皮肤能明显感知到头发板结的黏涩。

抹抹脸，每一个毛孔，都被塞满，是灰尘与细沙的混合物。

只是年轻又饱胀的心，并不会觉得苦，一切，自然地发生着，承受着。

二十多年前的新洲村里，我们学校的建筑是最新最美的。

当时的新洲路、深南路还是一片大工地，城市只存在于上海宾馆以东的小范围内。

防盗网密布且混乱的村屋之间，我们的学校，春绿的颜色，白的地方白得发光，绿的地方绿得耀眼。

十多位来自全国各地的年轻人，是这所学校的第一批老师。

那一张张青春洋溢的脸庞，有希望有野心，努力着成长着。也很快，有的人走了，有的人来，各人有各人的未来。

到我们脸上的皱纹和斑点一样不少成为理所当然时，当年青春洋溢的学校竟也陈旧得需要拆掉重建了。

我不是第一个离开新洲村的，也不会是最后一个。

这座城市，脉搏跳动得比别处更为迅速有力。

有的建筑，只有被拆除的命运，有的建筑会成为经典；生而为人总会期待，在变旧的同时，能带来某种内在的新生。

偶尔，我们有幸，可以葆有最初的核。

学校唯一一台电话机，在校长家里，校长就住在我宿舍隔壁的隔壁。

但我习惯每周里挑两三个夜晚，吃过晚饭之后，走出校园，去往马路对面的米铺打电话。

卖米的铺子里，一袋袋的白米白面在宽阔的空间里堆放着，门口几个大口箩筐盛着标了价的白米，一张歪歪斜斜的桌子上，放着一部脏兮兮的红色公用电话。

坐在电话机前的长条凳上，我拨通烂熟于心的那个号码，父母和小妹的声音便会涌出来，我们絮絮叨叨地说着话，我说："学校一切都好，吃得饱，广东师傅爱做炒粉，我中意油条和绿豆糖水，吃油条的早上，我都多拿几根，留着当零食吃。学校的老师都很和气，学校管得严，我们晚上出去玩回来晚了就得爬围墙进校园。学生也很乖，成绩都不太好，这里的家长好像不怎么管孩子的学习。"

电话里，传来反复的叮嘱："油条不可贪吃，爬围墙太危险……"曾经在家里时烦得要命的叮嘱，在相隔一夜火车才能抵达的距离听起来，尤如蜜糖。

一年后，新校长让我开始接手学校的招生工作。

当时的一年级招生手续简单，家长填表，证件的复印件附在后面就可以了。

审核资料时,我感到满心奇怪的不只是"简"姓的人怎么那么多,还有年轻、随意得不像父辈的那些男人们,黑瘦模样,背心拖鞋,有的手里叼着烟,有的睡眼惺忪,仿佛来自一个陌生的星球。

我内心的困惑也越来越大,实在没忍住,抬眼问眼前头发蓬乱的男人:"呃,你们在'父母'这一栏都填写的是'无工作',没有工作,拿什么来养育孩子呢?"

哈哈哈,现在想来,多么幼稚又迂腐的问题啊。

至今我都记得,那个男人用看非人类的眼神看我一眼,讪讪地笑着说:"新洲村的村屋啊,收租咯。"

后来,我很神秘地跟同时来学校的梧桐说新洲村的人不用干活靠收租生活时,她笑得让我觉得自己像个傻子,她说:"你来深圳这么久了,竟然不知道这些村里人躺着就把钱赚了?"

在我根深蒂固的观念里,不工作就活不下去,不工作更是对生命的苟且。

但,新洲村是一个新世界,一个不断颠覆我旧有认知的新世界。

遭遇生命中的第一个台风时,是那年在新洲村的九月。

一整夜,狂风从本来就不严实的铝合金窗台缝隙里钻进

深圳城中村常见的粮油店

现在的新洲村一角

来，带着尖锐恐怖的呼啸，如万千妖魔鬼怪在房间里乱窜。

我抱着毯子坐在床上，一直在担心台风会不会把宿舍楼吹垮，而我们，将如丢失的旗帜一般，随风而去。

台风过后赶紧给爸妈打电话，笑着说："真担心自己会死于一场夜晚的台风。"

回到宿舍，望着空荡荡灌满风的阳台，觉得实在是太浪费空间了。

于是，跟几个同事一起，在深南路偌大的工地上，捡了些被拆卸后丢弃的生了锈的铁窗架，拉回来找人装上，又去新洲村里卖玻璃的小店找人把缺失的几块玻璃补齐，将小阳台封闭了起来。

梧桐出主意，说做间小小的厨房不错，我又欢天喜地地去村里买来单头的简易气灶，点火烧饭，屋里有了油烟味，就隐约有了归宿感。

广东同事手把手教我煲汤羹，红烧肉和辣椒炒蛋很快也炉火纯青，从此食客不断。

雨，渐渐停住了。

2021年的新洲村，只有古老的简氏祠堂经时间打磨，仍旧散发着悠远独特的光泽。还有那棵600多岁的古榕，在逼仄的街道中间，行色匆匆的人们走过树下，都会不经意抬头看一眼它茂盛的枝叶。

大都市里的村子，早已长成另一番模样。

转角小小的咖啡馆，整面的玻璃墙，里面是三三两两交谈轻笑的人，柔和灯光里，如画般温馨美妙。

陪伴并见证一座城市的变化与成长，看着它一点点长成自己希望的样子，也是人生幸运事。

"你还记得吗？"凝视着街角咖啡店的梧桐问，"刚到新洲村的那两年里，新洲花园正在打地基，没日没夜的打桩声，几乎伴随着我们对深圳、对新洲村最初的所有印象。"

怎么会不记得？我抬眼看向眼前的高楼，回想起以前每日站在阳台上，看着飘着不洁气味的新洲河旁开挖出又深又大伤疤一样可怕的黄土坑，打桩机地动山摇地轰响，哐哐敲打在脑仁上，上课时讲课都得歇斯底里才能勉强赢回一点尊严。

那时候，没有噪音污染、尘土污染这些概念，一切的苦与难，都只能用某种理所当然的心态去接受。

如大多数人一样，我们在懵懂中经历着这座城市天翻地覆的变化，只有回过头才看得出它们的意义。

漫无目的穿行在新洲村湿漉漉却干净的街道上，下班的人潮，疾驰的电单车，让本来就不宽敞的人行道显得更拥挤不堪。

怀旧？多少有一点，但回到从前，还是算了吧。

因为，我喜欢此刻眼前的这一切：沿街的店铺灯火明亮，楼宇间整洁像样，走过的拎着装满蔬菜肉蛋提兜的匆忙主妇，白衣黑裤的职员，街边蹦蹦跳跳的小孩，小店门前守摊的男人……每个人，一如当年你我，面容沉静，神情清爽，都在自己悲欣交集的生活里尽力前行。

时间垒起人，一个人就是一座山，重峦叠嶂山山而川，世间的风情民俗不管如何改换面貌，也只是更替，没有断档，过去的年代并未消失，至少在这里，它仍被普通人的生活日日印证着。

大约是在新洲村生活工作过的缘故，只觉得与这村里浓烈的烟火气，灵魂上有种妙不可言的亲近。

希音若再来，我想带他去我最爱的那间茶餐厅，点一份名叫"黯然销魂"的叉烧饭。

春风**用力握住**自行车把手，感受着速度带来的**刺激与隐秘**的快乐，跟身边青春的人几一样，觉得未来是闪着金光的某个时间点，明天会有新的太阳冉冉升起，希望**密如星辰**。

第
四
辑

2018年之前

顾春风的1993

> 我们每个人的身体里
> 都有某种东西
> 正在向过去快步奔跑
> 历史在我们的身体里扎根
> ——马修·谢诺达《流光》

顾春风来到深圳的第一个落脚点，是上步区的南桂村，不对，因为谐着"上不去"的音，忌讳，1990年改成福田区，上步和福田都是深圳的古村落名。

初听"南桂村"这名字，倒有几分亲切，春风小时候在南方小城的大工厂里生活，打小住的那个片区也叫南桂村。

1992年的下半年，顾春风还在广州漂着，不想当老师的她，在一家生产加油机的公司里当了几个月的文员。

大年初十，在深圳电视台工作的表哥一个电话，召唤正在长沙外婆家过年的春风，她二话没说坐长途汽车赶回了家，在家只收拾出一只皮箱，没有犹豫地坐了一夜火车，清晨踏上了陌生的深圳土地。

离开这三线山城的念头，如灯火，在她二十岁蠢蠢欲动的内心闪亮着，一刻不灭。

深圳嘉南小学一位六年级的班主任开学前突发疾病，春风千里迢迢过来代课，表哥说的是，代课嘛，就像站到了椅子旁，久站，就总有坐下的机会。

久站是多久？春风心里只有一个学期。

这座海滨城市温暖的二月天里，春风走进三楼走廊最后一间教室，她哪能预料，自己的生命之河将从这里改道。

进班的第一天，春风有点发怵：六年级不是12岁吗？可这些南桂村、赤岗村的孩子，看上去真的太不像孩子了，特别是后排那几个，别说上小学，说是读高中也有人信呀。

他们上课倒是不捣乱，但真的不爱学习，永远是一脸的百无聊赖，如果想提问或让某个学生朗读一段，他们就假装没听见地望着教室的某个角落，表情里全是"你不惹我，我

深圳——梦幻之城

也不为难你,你看着办吧"。

后来办公室的老师告诉她,深圳嘛,村里很多孩子不愿意读书,再留个级,年龄小不了。

可第一次单元测试,春风班上的成绩就换了人间,不及格人数从两位数降到了三个。

胖胖的年级组长刘老师在办公室里起劲儿地夸她,年轻漂亮的惠芬老师也笑眯眯给了她一个大拇哥。

第一个月，他们班就拿到了纪律流动红旗，学生都好开心，惠芬老师说："六年级上学期，他们班一次流动红旗都没拿过，老师都郁闷得生病了。"

很快，大家就发现，每一天，春风班级的出操队伍都是全校排得最整齐最精神的。

顾春风和湖北来的代课老师唐红菱，一起居住在学校六楼的宿舍里。

红菱陪着她在小区里的小卖部买了衣架、水桶、草席，还有毛巾、牙刷、水杯。

一年前来学校代课的红菱，打见面起就爱用过来人的口吻提醒她："深圳呀，调入不容易，我去年就没考过。你那张床，原来是个广西女孩，考了三年也没进来，寒假回老家结婚去了。"

春风坐在新买的雪白蚊帐里，乖乖点头。

红菱是个热心肠的女孩，带她去学校的小饭堂，告诉饭堂阿姨："这是新来的顾老师，你看她这么瘦，多给她点肉。"

她指导春风如何让一桶冷水变成热水，"先接一桶冷水来，把通电的加热棒扔进水桶，静等十分钟，一桶热水就成了。不要好奇去试水噢，触电我可不负责"。

有生以来，头一回，春风眼见加热棒上聚起亮晶晶的气泡，一桶水不动声色间冒出热气，这时就可以拎去洗澡间冲凉了。

家里早都用上热水器了，1993年的深圳，春风还在用电热棒获取热水，她体会到某种生活倒退的乐趣。

春风喜欢伸着脖子一动不动望着那桶水，看着它冒气泡，想像那些气泡是无数透亮的精灵在努力搅动加热，她的脸上就会露出弯弯的笑，这让红菱觉得她有点傻气，便问："这水，有什么好看的？"

当春风欢乐地说起那些精灵时，红菱只摇头，说："我发现你有点憨哟，深圳真不适合你。"

后来红菱常常对貌似笨手笨脚的春风念叨这句话。

宿舍六楼有一间简陋的厨房，炉灶放进去，接上煤气罐就可以开火做饭了。

厨房就在春风房间的斜对面，几个代课老师的晚餐都是交钱在学校食堂里吃的。

那三四个正编老师，虽说也是单身，他们却都有单间住房，都在厨房里各自配了简易的煤气灶，时间充裕的晚上或周末，就开火煲汤，鸡骨草、鸡汤、猪肚汤，广东人的煲汤执念，在那间油乎乎的厨房里，顾春风很是领教了。

不过，春风和几个代课老师进厨房唯一的目的，就是用那个水龙头洗衣服。

深圳的天,实在热得太快了。最可怕的是,随着气温飙升,夜里进厨房就成了一件需要勇气才能完成的事。

晚上来到黑乎乎的厨房门前,伸手摸索到门边墙壁上的开关,咔嗒一声,天花板上脏兮兮的吸顶灯就亮了,光亮来临,一只只拇指大的蟑螂,在灶台边、墙壁上如幽灵般乱窜,寻找黑暗处藏匿。

更令春风惊骇的,是她发现蟑螂竟然能飞起来,它们笨拙地张开黑褐色的翅膀,从她眼前滑翔而过,跌落在橱柜的角落里,眨眼间消失。

在嘉南小学的那些夜晚,春风总是胆颤心惊地走进厨房,心神不宁地四下张望着,防范着,紧张地搓洗着手中的衣服。整间屋子犄角旮旯里的一只只蟑螂都在虎视眈眈。

某个深夜,一只猖狂的蟑螂飞窜着爬过她的脚面,在惊叫中她将手里的袜子甩上了天,啪叽又落回脚边。

落荒而逃的春风,都忘了可以哭,她躲在厨房门外呼哧喘着粗气,好半天,才重回战场,带着怦怦的心跳,马马虎虎洗完几件衣物。

在小卖部的电话里,春风几次想跟妈妈说道说道深圳的蟑螂、巨鼠和厉害得要命的蚊子,却都忍住了。她觉得不能像几年前出去读书时那样哭哭兮兮了,她怕妈妈说,外面那么难,就回家吧。

没过多久，春风学着红菱他们的样子，脱下拖鞋啪啪啪干脆利落地消灭来犯之敌时，她体会到，胆量这种东西，只要你愿意假装自己有，慢慢地，你就真的有了。

回头看，来的路上，蟑螂窜飞。

人嘛，吓过几次，就不怕了。

初来深圳的头一个月，特别想家。

在学校的小饭堂用饭盒打包了晚餐，顾春风喜欢一个人在安静的办公室里打开收音机，花很长的时间吃完饭盒里简单的饭菜。

收音机总在反复播放王菲的新歌《执迷不悔》，听得她内心黯然，在后悔与坚持之间，久久地摇摆不定。

有些晚上，她会花半小时走到上海宾馆附近。

那里，住着前几年从春风生活过的南方大厂出来的一个女人。

这个蒋姓中年女人，因为找了一个比自己年轻很多的男人，被厂里的人议论，生了孩子后，夫妻俩就离开了是非之地来到都是新人的深圳，于是，生活从此平静，可以安然度日。

在一次聚餐时，春风认识了她，仅仅是这般稀薄的一点关系而已。

蒋姐姐大约是客气的缘故，说孩子的爸爸经常出差，欢迎春风没事时去她家玩。

春风想家想得厉害时,就端着饭盒离开学校,从滨河路走到深南路去蒋姐姐家,跟她和孩子一起吃晚饭,听她那熟悉的乡音和工厂里缥缈的消息。

然后,经过搭着脚手架正在建设中的电子大厦,乘着夜色再高高兴兴地走回学校,仿佛就获得了某种能撑下去的能量。

当年如此卑微的情感满足,后来想起,顾春风还是觉得隐隐含着光。

生命中有许多这样陌生的熟人,因为没有更深的缘分,一边相识一边消失。后来已经多年没有消息的蒋姐姐当然不会知道,那个见她一面就莫名其妙满血复活的顾春风,早就长成了别人眼里的顾姐姐。

回到宿舍,红菱听春风说起晚上的迷惑行为,失望地摇摇头,说:"我发现,你真有点憨呢,深圳不适合你。"

四月,福田区教育局启动了招调考试。

之前教研员来听过顾春风的课,那个白发苍苍却有着儒雅笑容的周老师,在她的课堂上频频点头微笑,给了春风足够的信心。

后来,周老师每次骑着自行车来学校参加教研活动,走的时候,都会特意跟春风说:"小顾老师加油呀,认真复习,好好考试。"

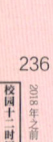

深圳铁路桥

春风参加区教育系统的面试、笔试都顺利通过了。开始复习，准备六月份市里的统考。

那段时间，毕业班工作忙，又要老跑教育局递交各种资料，一辆自行车必不可少。表哥好意提醒，他自己来深圳三年，被偷了五辆自行车，建议她不要买新的，买个二手的就行了。

其实，哪有什么二手的，起码都五手六手了。

红菱将她带到滨河路的天桥下面，那里常年有一个修车的男人，干瘦干瘦的脸，正将一辆自行车座凳撑地倒转着修理。听说她们要买自行车，指着旁边一辆小轮的车子说：

"三十块。"

于是，春风在深圳拥有了自己的第一辆自行车。不过，自从骑上了自行车，每次出门她都要揣五块钱在口袋里。因为，这辆小轮自行车随时随地都有爆胎的危险。

一爆胎，春风就得推着车去找最近的修车摊。

她盯着修理师傅把车内胎扯出来，在肥皂水里验视着漏气点，她惊讶地发现，这小小的粉红皮内胎上已经是补丁摞补丁，简直就是一条由补丁组成的内胎了。

春风心里戚戚然，以后每次骑车，都会小心地避开坑洼的路面和井盖，她觉得这辆自行车好可怜。

结果，连这辆历经沧桑的破烂车也被偷了。

一个阳光耀眼的午后，春风呆呆望着那个空了的自行车位，满心希望，它能遇到一个爱惜它的人。让那辆小自行车可以在道路上多跑些时日，不要那么快被扔进废料场。

在春风买第二辆倒过几手的自行车之前，那天她突然接到教育局的电话，通知她马上过去交一份资料。时间很紧，考虑到还要赶回来上课，她就借了学生的一辆自行车，骑上就跑。

谁想这辆自行车前面是带横杆的，对于只会从前面摆腿下车的春风，简直要命，过马路时她为了躲一辆疾驰的汽车，直接就连车带人摔在了滨河路中间，好在，那时的滨河路上，车一点儿也不多。

望着流血的膝盖，春风龇牙咧嘴地爬起来，将自行车推到路边，缓口气，继续往教育局赶。

回来上完课再去处理伤口时，校医说要上点消炎粉，担心会发炎。

膝盖包着纱布一瘸一拐的，楼上楼下地奔波倒能坚持，就是洗澡最不方便。为了防止伤口进水，春风只好把伤腿架在洗澡间的水管上，侧身弯腰从桶里把毛巾捞出，洗得极其勉强，就像一个小丑忍痛跳着滑稽逗笑的舞蹈。

春风穿着白衬衫和黑色长裙遮掩着膝盖上的伤，坐上13路公交车，去遥远的罗湖区延芳路，为参加市里的考试报名。

报名处一片混乱，没有人维持秩序，乌泱泱的报名人员简直像要打起来一样，将近中午报名快结束时，春风才在一位中学老师的协助下挤到窗口，把名报上。

回学校的13路公交车上，她找了离车门最近的一个位置，实在是一步都不想多走了，腿又酸又胀，膝盖处伤口疼得厉害。

不记得到了哪个站，上来一位须发皆白的老人，售票员理所当然地叫春风给老人让座。

顾春风撩开黑裙摆，露出渗着血水的纱布说："对不起，我身上有伤，不能让座。"

售票员只好脸黑黑地站起身,让老人坐到了自己的位置上。

公交车一路颠簸且缓慢,一个多小时的路程,阳光照得车里像蒸笼,春风稳住身体,她似乎就是从这一刻开始,学会了拒绝。

好不容易回到办公室,早就过了饭点,估计是吃不着了。

却看到办公桌上摆着自己的饭盒,微温,打开一看,满满一盒饭菜,下面压着惠芬的留言:春风,好好吃饭。

春风坐在桌前,盯着桌上的留言,眼泪珠串似的滚下来,一个人呜呜地哭了许久。

来深圳这么长时间了,蟑螂,老鼠,一床的蚂蚁,不合口味的饭菜,摔伤,一场场考试的煎熬,都没让她掉眼泪,但,惠芬的温柔,深深击中了她内心那一处无铠甲的角落。

从此,惠芬就像她的亲人。

那一床的蚂蚁,春风偶尔想起,鸡皮疙瘩眼见着就在胳膊上浮起来。

一个周日的早晨,她跟红菱去书店,走到深南路去搭乘公交车,和往常一样,人很多且拥挤不堪。紧跟着红菱的春风在车门口被挤开,隔着一个男人,看到另一个十七八岁的男孩翻开红菱的挎包盖,而被挤在车门边的红菱毫不知情,春风听到自己发出可怕的嘶吼:"红菱,有小偷,小偷!"

深圳火车站

  红菱回身，慌忙捂住被掀开的挎包翻盖，一脸惊恐。春风怒视着挤在她前面的两个男人，只见他们一闪身撤离了现场。

  1993年的深圳，是一个充满希望但也隐藏着危险的新世界。身边的同事朋友，经常讲到装钱包的裤袋或背包被划开；报纸上报道的摩托飞车抢劫，金项链金耳环、女士挎包都是重灾区；骗子的骗术还在初级阶段，比如发现了一坛子金子，或故意在你前面捡到一个金戒指要跟你分账，单纯的人们刚进入这样一个新世界，免疫力尚未形成，受骗概率奇高。

午后从书店买了复习资料回到宿舍，一进门，春风就看见自己当西晒的小床上黑糊糊一片，红菱问："你把什么弄到床上了？"

春风走近床铺凑上脸去，吓得捂住了嘴。原来，是一只大飞蛾，不幸死在了草席的中间，一只蚂蚁来了，两只蚂蚁来了，千万只蚂蚁都到她的床上来，享用这场蛾子尸体的饕餮大餐。

眼前的一切，简直就是春风的噩梦。

虽然整张席子都扔了，但她在批改作业或者某个空闲时间，想到这一幕，仍会强迫症一样地飞奔上楼检视自己的床铺，看到一切如常，才拍拍胸口，放心离开。

夜里梦回，也会本能地伸手去摸身下新换的凉席。

不记得过了多久，才渐渐平复这一次的惊吓。若干年后，顾春风看丹泽尔和朱莉的《人骨拼图》时，还会无端想起飞蛾的尸体和那一床蚂蚁，但，甩甩头，她觉得不必再担心了，那些留在脑海里的模糊印记，不会再让她恐惧。

在嘉南小学几个月的时间里，老家的同学和朋友都在短时间内失去了联络。1993年，没有手机，程控电话也很少，是邮政局里排着队打长途电话的年代，走丢失散，是一件太容易的事。

只有罗隐，来看过春风。

在未来的漫长岁月，顾春风仍不时想起，1993年他少年模样的清瘦脸庞。

门卫室的大叔找到在办公室备课的春风，说："你来了一个朋友，住在学校对面的招待所里。"

她立刻知道，是他。

没有电话，没有通信，罗隐一定是去家里找她父母要的地址。

招待所应该有个门牌号码吧，多年后，春风却一点印象也没有。只记得推门进去，看到换了夏装的罗隐，坐在小板凳上，正给泡在脸盆里的脏衣服打肥皂。

他抬头，笑着对春风说："你们深圳好热呀。"

又惊又喜的春风愣愣地站在屋里，问："你怎么来的？"

他说搭单位运货的车过来的，路上跑了将近一天一夜，昨晚很晚才找到这里住下。

要到许多年之后，春风才懂得，罗隐跟她一样，对经历的那些苦和难，总是轻描淡写的，好像很轻松的就过去了，他们都不习惯向人提起思念与痛楚。

有一天在收音机里听到李宗盛的《生命中的精灵》：关于爱情的路/我们都曾经走过/关于爱情的歌/我们已听得太多/关于我们的事/他们统统都猜错……春风意识到在简练浅白的歌词背后，是一则暗潮汹涌、五味杂陈的故事，就像罗隐一次一次地"路过"她的城市、她的身边，那些看似无心的抵达，其实，比爱更多。

最终，这个少年时就相识的朋友，如最柔韧的楔子，牢牢钉住她人生的每一个连接处，成为她的骨中骨、肉中肉，一直到老，也许至死。只是1993年，青春如三月杨柳的他们，还看不清未来的模样。

若干年后罗隐说起那次见到的春风，穿着令他迷惑的大花朵连衣裙，让人产生一种"这个女孩突然就长大了"的错觉。

春风以为，那也许并不是错觉，经历过真实的疼痛与艰苦，长大是再自然不过的事，逃不掉的。

1993年的深圳，城市的边缘就在嘉南小学附近了，再往西一点，便是乡村景象或建筑工地。

春风当然希望考进来后能分到自己代课的这间学校。

暑假前不久，春风的招调考试就全部结束了，年级组唯一的男老师孙天民悄悄跟她透露："如果想留下来，还是去找一下吴校长，跟他谈谈。"

一直看好顾春风，跟教研员说想留下她的吴校长，怎么突然要放弃她？春风知道原因，不过她不打算接受孙老师的善意提醒，她决定去承担自己犯错所带来的后果。

那是三周前的事儿。来深圳已经快四个月了，表姐约她去广州玩两天，反正都考完了嘛，正好有个顺风车可以载她来回。当年，周六的上午还要上班上课的，周末只有一天半的休息时间。去广州开车也得大半天，表姐建议她周六上午请个假。

顾春风一想到要去找那位不苟言笑的校长请假，头皮简直都要炸了。她在办公室问老师们该怎么办，那个总是夸她的年级组长刘老师说："你悄悄地走，校长又不知道，我们替你打掩护。"

春风心里对刘老师的好感度蹭蹭上涨，觉得她实在是一个善解人意的大姐。

不过，搭班的数学陈老师转过她一贯没有太多表情的脸，说："小顾老师，你还是跟校长正式请个假比较好，履行好请假手续你就不用担心了嘛。"

哎，陈老师的话瞬间让春风泄了气，没劲透了。

思量过后，她还是打算听刘老师的，换好课，悄悄溜走半天。从不见校长来巡视办公室的，哪里就能逮着她这唯一的一次呢。

哪晓得上天早就安排好，让春风吃这一堑的。

周六看完早读早操，春风背着背包忐忑地出了校门，刚走上小区那条又挖开了半边的小道，抬眼，就看见矮胖的吴校长迎面过来。她当时想死的心都有，硬着头皮说明了缘由，吴校长菩萨心肠地应了一句"那你去吧"就转身往学校走了。

在广州心神不宁地住了一晚，表姐带她去哪儿玩她都没什么心情。周一早上升旗结束后，听惠芬老师说起，顾春风才晓得校长的霹雳手段。吴校长上周六第二节课来办公室转悠了一圈，跟几个老师聊了会儿，随口问："小顾老师去哪儿了？"

答应为春风做掩护的刘老师一声都没吭，倒是数学陈老师，说顾老师上午要去一趟广州，跟办公室老师都说了，自己也调好了课。

"春风呀，你知道吗？吴校长脸色当时就晴转阴了。"惠芬拉着春风继续说，"校长一直都说你有培养前途的，好好跟他讲讲，不要影响了你留在嘉南呀，要是分到竹子林那边就惨了。"

学会为自己的愚蠢买单，春风讪笑着："可能，人生就是一个不断为自己的蠢言蠢行买单的过程吧。"

在随后几十年的职业生涯里，但凡要请假，春风都认认真真履行好请假手续，绝不肯再干那种需要别人打掩护的事情，她知道，不值得。

在南桂村那半年的时间里，平时没事，春风很少走出校园。校园外有高大的榕树，有一块青青的草地，草地上经常拉着绳子，晾晒小区人家的衣被，一架铁链吊着的秋千，显得孤零零的。那时，孩子很少，老人也不多。

六楼宿舍的几个年轻人很快就熟络了，在一个个夏夜热风吹拂的晚上，大家就会相约着，一起骑车出去。格兰云天大厦以西，全是黄土烂泥和巨大的筑路建楼机械，轰鸣声日日夜夜。

能去哪里呢？唯有往东去，东门老街。

六公里的距离，青春正盛的五六个人，骑着互不嫌弃破破烂烂的自行车，沿滨河路呼啸奔去，去往当年的繁华之地，那里有麦当劳，有各色各样的小店铺，可以很便宜地买到从头到脚的衣着装饰物件。

顾春风对每次去东门买了什么，似乎并不太在意，有点印象的应该是买过一对夹耳的耳环，因为没穿耳洞，耳环夹上后又胀又疼，很快就不能忍，最后也不知塞去哪个角落了。

留在记忆深处的，是那来去如风的路上。

一切，都新鲜。

夜风里骑着车，从滨河路转深南路、和平路、解放路、人民桥、建设路、布艺街……他们在这些街巷里快速穿行，风鼓起他们的衣衫，吹起春风浓密乌黑的过耳短发，三个男

深圳东门老街

同事甚至会松开把手,借着下坡的惯性欢叫着迎风往前冲,那一刻,仿佛世界真实地掌握在他们的手中。

春风用力握住自行车把手,感受着速度带来的刺激与隐秘的快乐,跟身边青春的人儿一样,觉得未来是闪着金光的,明天会有新的太阳冉冉升起,希望密如星辰。

湿透的衣衫,滴着汗珠的发梢,气喘吁吁却止不住哗笑的他们,蓬勃快乐又扎实无畏地走在1993年的深圳街头。

柳老师失踪谜案

柳老师失踪了。

国庆节刚过,一位自称张先生的人把电话打到学校,说他是一年级数学代课柳老师的先生,柳老师国庆节回安徽老家路上翻车受了轻伤,需要请一周病假。

合情合理,准假啊。

结果,眼见到了十月底,轻伤病假的柳老师仍没有踪影。

更可疑的是,每次请假都是张先生打来电话,开始是说柳老师头部受了伤,问多几句又说好像她手也不方便。

前天,电话请假的理由竟变成柳老师的父亲发病了。

我们怀疑张先生已经忘记了最初编造的理由。

天空

学校反复向张先生要求,让柳老师跟我们直接通话,我们希望听到柳老师自己打电话来请假。

但是,这个简单要求一直没有得到回应。

校长开始不安,大家也是各种担心与猜测。校园里开始弥漫一种古怪气氛,好像某位隐匿的预言者在发声——"有大事要发生"。

到十一月中旬,校长到底熬不住了,把我叫去,希望我能以学校工会的名义到张先生提供的柳老师老家的地址,实地看看,到底怎么回事,耽误的工作另说,但求人没事就好。

从业近二十年，万万没想到身为一名小学老师，有生之年还有机会接到便衣侦探的活儿，读了那么多福尔摩斯、克里斯蒂和东野圭吾，这回终于要派上用场了。

一想到我平淡无奇的人生将通过侦破一桩谜案来画上浓墨重彩的一笔，瞬间血冲上头，仿佛已看到自己在跌宕的剧情中，做了回一骑绝尘的大侠，拯救柳老师于千难万险。

"排除所有可能性之后，不管剩下的多么不可思议，那就是真相。"夏洛克·福尔摩斯说的。

校长狐疑地看了神情微妙的我一眼，他哪里知道我此刻内心已是关山飞跃豪气盖云。

"是不是有点害怕？"校长贴心地问，"也是，你一弱女子，远去安徽农村那人生地不熟的地界。这样，就让总务刘主任和安全郑主任陪着你一起去吧。"

"啊？"

第一次"出更"还配俩帅哥保镖，这待遇，今生唯一。

行前，还是慎重地特意跑去人事干部那里再次核对了一次我拿到的地址，确实跟柳老师入职时填写的老家地址是一致的。

飞合肥后坐大巴转巢湖，已经夜深，安顿好住下，在街边找了家还开着门的小餐馆，裹紧外套就着透心凉的啤酒，三个人一边研究案情一边将第二天的行程大致定下来。

对于探案寻人，我们当然是新手，夏洛克说过："生活是枯燥的。我的一生，就是力求不要在平庸中虚度光阴。这些小小的案件，让我遂了心愿。"

只是，我这必定虚度的漫漫人生好像始终都在等待，等待出现今天这样一个情节，仿佛内心已温习过无数遍。

第二天一早，一行三人直奔家属告诉我们的柳老师受伤住院的巢湖人民医院。

装作探视病人，到住院部外科打听，护士瞟一眼我们递上的名字，查着这段时间的入院记录，疑惑又确定地摇摇头。

手外科颅外科均查无此人——这是我们意料之中的，做排除法而已。

走出拥挤的、每个人都裹着厚厚外套或棉服的医院，十一月的巢湖阴冷暗淡，天空飘着纷纷细雨，地上的泥水被来来往往的人们踩踏着带起，让路面显得肮脏混乱。

此时，我们的心情和这初冬的天气一样有一种湿哒哒的寒意——柳老师到底去了哪里呢？究竟发生了什么呢？不知她是否还安好。

赫尔克里·波洛说过："阳光下处处都有罪恶。"

阳光照耀不到的地方呢？更令我们心慌。

三个人，就这么站在陌生的阴霾笼罩的城市路边，彼此相看，我们需要作出下一步决定。

这时，我发现，对于失踪的柳老师并无更多线索，她的社会关系她的过往曾经，我们全然不知。

波洛先生说过"谎言所提供的信息并不比真话少"，我们的困境是连谎言都所获不多，我甚至没有跟柳老师的先生直接说过话。

对自己如此的不专业隐约感到沮丧，现在，也只有一件事能做了。

拦了一辆的士，坐上去后先把手中的地址递给司机，问道："这个地方熟悉吗？"

司机说他的车很少往那里去，比较远也比较偏，不过，找还是找得到的。"你们，去那里要歇一晚吗？如果是，我回来只能放空，就要考虑多加点钱。"他说。

"大概多长时间？"

"那得半小时以上吧。"

我说："别担心，到了那儿，我们就办点事，办完就走，你稍等一下，也别空车回，我们也不麻烦再去找车了。"

司机点头，说："行。"

换挡，踩油门，上路。

沿途风景颓然，空荒的田地上倒伏着干枯的农作物，见不到几个人影，马路和田地之间被雨水浸泡得泥泞不堪。

只有偶尔经过一家又一家农家小院时，看见院落里高大的几乎落光了叶子的柿子树高高的枝头上,挂着一个个红彤彤的柿子如晦暗里点亮的小灯笼,就算一晃而过,也晃得人满眼喜悦。

旅程颠簸而漫长,我们各怀心事。

两个男人一致认为,可能是柳老师的父母谁生了重病,需要她留下来照顾,如果请事假不一定获得批准,扣钱也多。干脆请个病假,这样,领导不批,情理上说不过去,扣钱也少些吧,作为一名代课老师,耍点小聪明,也是人之常情。

我只是皱眉,随后说道:"要是为了这点蝇头小利整出这般惊动四方的大动静,哪叫聪明,那只怕是有点傻才对。"

"那,你怎么看?"两位男士齐声在后排发问。

"有没有这种可能?"我感觉到头脑中的灰色细胞在乱窜,肾上腺素激增,各类悬疑小说电影交织重叠,"打电话来请假的那个人也许根本就不是她先生,而是凶犯?他们夫妻俩会不会已经遇害?已经被分尸掩埋了?"

毕竟侦探小说的祖奶奶阿加莎·克里斯蒂说过:"杀人不难,只要没人怀疑你。"

唉,可怜的柳老师。

"嗨,"司机惊恐地侧脸过来,"你们,到底是干什么的啊?"

郑主任到底是管安全工作的,口气淡定地说:"莫慌莫慌,你身边的小姐侦探小说看多了有点走火入魔。我们去查个小案,你不用担心。"

"嗯嗯,夏洛克·福尔摩斯也反对猜想,说猜想是很不好的习惯,它有害于作出正确的逻辑推理。"我搬出我的男神稍作抵挡。

路,越开越窄。

然后从柏油路面无缝衔接到泥泞土路,司机开始东张西望,走走停停,沿途询问了两三个在路边闲走的农家人,终于到无路可行车处,一边是收割后枯黄的高粱秆,一边是杂草和稀疏错落的几户房屋。

的士司机把车停在烂泥路小道边,说:"车进不去了,你们往里走着问问吧,反正就在这一块儿了。"

我们忐忑地下车,一时不知身在何方。

脚下是旅游鞋行泥的唧唧声,脚边绕着瘦瘦的土狗和胖胖的芦花鸡,明显对寒冷估计不足,衣服穿得不暖的我们冷得哆哆嗦嗦的。

在那些手插在棉服口袋里目光斜视站在路边的村民们看来,我们压根不像哪门子办案人员,更像是几个流落到地球的外星人。

在他们言语热情、眼神略带警惕的指引下，我们抵达了那个手中纸条上的地址——那是一栋灰瓦泥墙、粗糙简陋的房屋。

门前，站着两个清瘦苍老穿着灰旧薄袄的老人。

突然有种故事至此戛然而止的阻滞感。

环视周围，其他几栋房屋都已经是两层的砖瓦楼房了，而老人住的还是低矮的泥坯屋，我不由得就心疼起来。

上前先问候了老人，道出昨晚便商量好的说辞："我们是柳老师的同事，来巢湖学习几天，知道她老家在这里，顺便过来看看。"

"你们，是柳老师的父母吗？"刘主任仿佛无心又特意地问了一句。

皱纹如刀刻的老伯竟热情地掏出贴身口袋里的身份证给我们看，以证明他真的是柳老师的父亲。他叹息着说女儿女婿忙，都已经两年没有回家了，似乎能见到女儿的同事也是一份额外的惊喜。

看着两位淳朴得略显天真的老人，我突然万分后悔，竟没有想到带些糕点礼品过来，这样，不仅设计好的会面场景能更真实一些，也可以让两位孤独的老人感受到一点虽然浅薄却真实存在的温情吧，毕竟，对两位老人来说，他们是那么的无辜。

"柳伯伯，真不好意思，我们来得匆忙，都忘了给二老买礼物了。"明知于事无补，我还是真心地多了一句嘴。

"快别客气，你们能来一趟都不简单，进屋坐进屋坐。"不明就里的老人欢喜地将我们往简陋的堂屋里让着。

我们进屋，看到墙上悬挂镜框中有不少家庭照片，我们熟悉的柳老师不但有黑白的留着辫子的清秀姑娘照和结婚后微微发福的与张先生的合影，还有两张与父母一起的合影。

老人看我们对照片有兴趣，开始欢喜地讲述每张照片的来历与背景。

礼貌地听了好一阵儿，趁两个男人跟乡音浓重的老人在屋里不太流畅地有一搭没一搭地聊着，我转到屋外，发现不远处人们三三两两地看向这边，大约是平日里外客稀少的缘故吧。

我只好踩着烂泥绕到屋侧，避过那些好奇的目光，拨通了一直迷惑我们的为柳老师请假的张先生的电话，我说："张先生，我们到了巢湖人民医院，那里没有柳老师的住院记录。"

电话里的男人似乎惊到了，他应该万万想不到我们千里迢迢地就照着地址跑来了，尴尬沉默的几秒后，他快速恢复了镇定，说："哦，是这样的，她父亲查出了肿瘤，现在已经在合肥肿瘤医院治疗了。"

那一刻，我的愤怒无以复加，回复道："你说实话会死呀？连自己家老人也能拿来诅咒吗？张先生我告诉你，我跟学校的两位主任现在就在柳老师家里，在她父母面前。"

当发现自己可以毫无顾忌地戳穿一个谎言，等着说谎者露出无法收拾的马脚时，有一种无法言说的快感从脑丘体深处迸发出来。

电话里是很长时间的静默，我亦不出声。只听着自己的心脏怦怦跳动的声音，耐心等他缴械。

果然，他放弃了抵抗，说道："我没想到你们真的会跑过去，实在对不起。是我做生意产生了经济纠纷，柳老师被生意伙伴控制了，以此逼迫我还钱。我真的是有难处，不是故意要骗你们的。"

呸，骗人什么时候还分故意和不故意。

"也许你说的是真相，但你已经不值得信任。要不你赶紧报警，否则我们就报警了。没见到柳老师之前，你就是嫌疑人。真没见过你这样的丈夫，妻子的安危就这么不重要吗？希望你能做出保证柳老师人身安全的正确决定。"

说完这番话之后，内心竟产生了一种在前敌作战指挥时的霸道幻觉。

当然，我能清晰地意识到，解救人质这样的实战桥段，肯定是轮不到我这种外行角色来情境演绎的。

赶紧给焦急等待在后方的校长通报了前线战况，远在千里之外的领导一听"经济纠纷""绑架"这样的恐怖字眼就有点慌神,他说:"赶紧回合肥,马上买机票飞回深圳。可别把你们也绑了,快回来。他们黑道白道的让警察去处理,你们先平安回来要紧。"

"哈哈!"究竟为什么我会笑得这样开心呢?

立刻,一种深入敌营的崇高感油然而生,可见和平时代里柴米油盐的日常生活是怎样的寡淡无味啊。

反正再怎么着急,今晚也是飞不回去的了。反正,接下来的剧情再怎么刺激都该由专业人员接盘了——马普尔小姐探案至此,可以回家织毛衣了。

初冬的天,黑得特别急。

终于原路返回。

一路上,大家出奇的安静,的士的车前灯大开着,在黑暗中照出一个恍惚的光亮世界。

神探夏洛克说过:"生活之谜是任何大脑也发明不出来的。"他是真天才,勘破一切。

一进巢湖市区,先在街边路灯下寻了擦鞋的摊子擦干净满鞋的泥,这才觉得已经从异域空间解禁回到了烟火人间。

在那夜火锅的氤氲蒸腾热气里,校长来电话告诉我们,张先生已经打电话来表示明天会去学校讲明实情,后续将由公安部门介入,相信柳老师很快就能回来了。

终于松了一口气,三个人喝着冰冷的啤酒,兴奋地来了一场全程复盘,毕竟我们从极有限的线索出发尽可能地逼近了真相。

在探案故事里,臆想的情节比实际要曲折百倍,但我们都知道,探案故事再惊险再有魅力也抵不过柳老师平安归来。

那个春天的美国校园行

2017年,随一支二十五人(被分成了若干学习小组)的海外教育学习团队,在美国西部洛杉矶和东部新泽西的学校里逗留了近两个月的时间。那年的美国校园,那个春天,二月三月,千里万里,回想起来就如昨天般清晰而生动。

记得那天是2月14日,我们在洛杉矶一所项目式学习方面表现突出的初中参观,听了戏剧课、历史课后,又去参加了一项优秀学生的表彰活动。在一间铺着彩色桌布的教室里,大胡子校长请优秀学生吃薯条点心,他们还能领到一张球赛券作为奖励,孩子们开心地吃吃喝喝,像在开一场欢乐派对。

我发现校园里有许多的心形图案，到处都写着"Happy Valentine's Day"（情人节快乐）。

放学的时候，学生纷纷从教室里走出来，手里不是捧着鲜花，就是拿着盒装的巧克力，还有一些包装严实的小礼物，这是情人节的礼物，也是生命的美意。

湛蓝天空下，雪白梨花如梦境般盛开的校园里，四处洋溢着甜蜜又温馨的气息。

老师告诉我们，孩子们从幼儿园就开始过情人节了。

从小学会爱，懂得表达爱，勇敢地去爱，多好！

学校因为场地的限制，体育课借用了社区操场。

有两个班级的学生在社区操场上体育课，他们都穿着整齐的运动T恤和短裤。

参观完毕离开时，大胡子校长很绅士地为我们推开运动场地的铁门。

一个男生手里玩着一个篮球走过来，说道："校长，我们也要出去。"

"不行。"校长干脆得没有商量余地地回应。

几个男生过来声援："我们要抗议。"

校长笑了，说："可以。把你们的抗议写下来，签好名，我会转交给你们的父母的。"

美国校园里盛开的梨花

几个男孩悻悻摇头，笑着转身回去。

在一所有许多墨西哥裔、拉丁裔的职业学校里，校长助理介绍学校重点培养的是医学方面和工程方面的人才，尽最大可能帮助他们就业。

一间教室里躺着人体模型，学生们在做一项医学过敏试验；而另一间教室里，学生们在制作桥梁模型，是准备去参赛的。

然后，我们被带进了一个布置着学生绘画作品的美术室，孩子们正在上课。

我猛地抬头，从窗口望出去，竟然看到了好莱坞象征的白色标志牌，那经常出现在电影里或杂志上的九个字母"HOLLYWOOD"，坐落在洛杉矶市郊的山顶上，就在眼前。

我们用眼神相互交换着惊喜，而教室里的老师和学生，一脸平静地沉浸在他们的画作里。

后来到了东海岸的新泽西州，在费尔维尤学区里，也有一所学校，可以在空地上遥看曼哈顿的高楼大厦，我们一个个兴奋地跳高高，以为这样就能指认布鲁克林大桥。

金发碧眼的女老师经过时，只是笑。

我们总习惯将教室仅仅作为知识传授的场所，要求整洁、规范，不准乱张贴，不准放置私人物品，很容易就走向无个性、冷冰冰的极端去。

其实学生在学校里不但可以爱上学习知识，我们也应该让他们爱上自己学习的环境，在这个环境里有种温暖踏实的归属感，也能带来知识之外的获得。

美国的老师特别喜欢将自己的教室装扮成一个温馨大家庭的模样。

每一扇门、每一面墙上，都是科学或人文领域的偶像们的粘贴画，出现频率最高的，是爱因斯坦，还有甘地、马丁·路德·金，或者阿梅莉亚·埃尔哈特（*第一位独自飞越大西洋的女飞行员*）。

还有的会放一些师生合照、老师的结婚照、家庭照，窗台上摆着打印机和各种学习用具。

教室里满满当当，花花绿绿，带着久居的房屋才会有的年代感。我们太喜欢新的东西了，只要崭新就是好，就是漂亮，而真正的厚重来自积累，来自那种使用感。

美国的老师可以在教室里放一把舒服的摇椅，摇椅上有好看的抱枕，讲故事的时候，老师坐在摇椅里，那场面，像极了故事书里的情节：夜深了，炉火边，不想早睡的小孩子仍缠着妈妈再讲一个故事。

实在是温暖又美好的画面。

有位低年级的男教师，他在自己的班级里设计了一棵枝

教室台面上温馨的家庭照片

繁叶茂的"参天大树"（指天花板上的装饰），我们看到，他领着一群洋娃娃似的孩子学习的时候，就像在郁郁森林里做游戏，欢快又魔幻。

相对于我们对外在如发型、衣着的规矩要求，美国学校里的孩子，穿衣打扮真的允许千奇百怪。他们的规矩更多的是内在，比如，不打断别人的发言；别人说话的时候，自己要看着对方认真倾听；阅览室里要保持鸦雀无声；等待时，安静地排队。

在美国课堂上，我们经常见到小男孩电了满头的小卷卷，还染成了紫色。还有用定型水造了一个莫西干人的发型出来,中间的长头发跟鸡冠似的高高立起,带着朋克的潇洒。女孩的发型、造型自然就有了更大的创造空间。

读书时间就是自由时刻,没人端坐着,半躺、全躺、趴着、盘腿坐着,有个小女孩半挂在椅子上,读得津津有味。

每次在教室里看到他们恣意又舒适的读书姿势,我都有种想跟他们一起躺平看会儿书的冲动。

当然,班级的学生数量少,空间够,是前提条件。一个班若四五十个人,也只有坐端正才行。

洛杉矶的梅尔罗斯小学(Melrose Elementary School),是我们去过的唯一一间有学前教育阶段的学校。

我们离开阅读和测试课堂来到幼儿园时,小朋友正在户外活动,他们在各种器械上爬高爬低,几个老师在场地上看着孩子们玩耍。

突然,一个穿着粉色线衣绑着马尾辫的小姑娘跑到我面前,扑向我,紧紧抱住,一直不松手。

我蹲下身,将这个温暖的孩子拥在怀里,她小小轻轻的头颅搁在我的肩头,那样的轻柔,充满爱意。

直到我们要离开了,小姑娘都不肯放手。

同行的老师猜测,也许,我有点像她的妈妈。

我知道幼小的孩子对形象的记忆是比较粗糙和模糊的,也许,她是错认了,也许,她只是需要一个长久的拥抱。

年前，在我们自己的幼儿园参加音乐会，也有小朋友在舞台上合影时紧紧牵住我的手，活动结束了都不肯松。那一刻，真的是心都要化了的柔软。

原来，不论语言、文化、地域或肤色的差异是怎样地天差地别，人类的情感，其实都是相似的。

去洛城索尔斯中学的路上，手机收到了报警讯息，提醒大家防范雷雨灾害。

到了学校，发现学生们都特别兴奋，个个脸上都是喜滋滋的笑容，跟我们打招呼也特别欢乐。

带着我们参观的印度裔教师朝我们笑着耸耸肩摊开手，说："今天的学生会比较难搞。"

"为什么？"

"因为天气预报说今天有大雨，洛杉矶一年300多天都是大晴天，偶尔下一场雨，大家都抑制不住地开心。"

哈哈，原来都是这样的。

在深圳难得的台风天里，哪一个学生不需要经历从期盼到狂喜或失落的"恋爱过程"啊。

对孩子们来说，台风从来就不是什么天灾，而是上天赐予的人间惊喜。

半个月后，我们在新泽西州遇到暴雪，学区停课两天，冻得瑟瑟发抖的我们欢天喜地跑去纽约看了两天百老汇舞台剧，顺带把古根海姆现代艺术博物馆和惠特尼美国艺术博物馆看了一遍，分明就是歌里唱的"偷来的才是宝贝"。

在创建于1889年的费尔维尤学校里，正上着数学课的年轻男教师接到一个内线电话，通知他准备接收一个新生。

上着课的孩子们瞬间就沸腾了，其中两个学生甚至大笑大叫地跳起来击掌欢呼，把课桌拍得啪啪响。

小组活动时，学生们在教室里任意找地方进行，或站或坐都随意。

新来的漂亮女生背着书包进来，简单介绍后被分到一个学习小组里，老师让刚才把桌子拍得山响的男孩带带她。

女孩问："你们这儿有带锁的柜子吗？"

"没有，"男孩指着身后的柜子，"我们学校的柜子都是这样的，开着或关着，都没锁。"

女孩皱起眉头，说："我原来的学校，柜子都有锁。"

男孩竟毫不客气，反问道："那你为什么要来我们这儿呢？"

我们看到男孩为了维护学校不惜得罪美女，都暗戳戳地笑起来——这样真的友好吗？

不过，也许诚实地表达情绪更重要。

有时候，在课堂上听孩子们闲聊也是很有意思的。

有一个学习小组里,金发的小男孩特别活跃,话多,好动。

小组长是一个看上去挺懂事的非裔女孩,她总是努力将闹腾的男孩拉回学习状态。

男孩朝我们抱怨:"她就是我妈。"

哈哈,天下的妈妈都是这样的。

另一个显得分崩离析的学习小组里,一个男生的手骨折了,打着绷带吊在脖子上。

组长是一个穿红衣服的男孩,他用羡慕嫉妒的眼神瞟着受伤的男孩说:"你就好了,两周的时间什么也不用做,因为,你有足够的借口。"

受伤男孩有点不快地低下头去。

我问受伤的男孩:"他是你们团队的领导吧?"

男孩点点头却也表达了他的不满:"他只是有时候行为和语言装得像个领导而已。"

我们面面相觑,你看,"像"和"是"的区别,大家都懂的。

当然,也有把我们听得想逃学的课堂。

在一间学校里,忙碌的校长将我们领到一个老太太的教学课堂,老太太慢腾腾地教孩子们怎么使用办公软件Word,让人昏昏欲睡。

还有一次,是在六年级的数学课堂里,一个刻板的数学老师,无精打采,毫无激情,逻辑混乱地絮絮叨叨,讲着不同品牌的自行车的价格差异,并列表计算。

这样的时刻,我们就会坐立不安。那些让你想逃跑的课堂,全世界都是一样的,无滋无味。

我们小分队两个人会瞅一个空档,溜出教室,推开学校厚重的校门,在大雪后的新泽西街头走走,有时,就近走进一间快餐店,进去买一杯咖啡和一只甜甜圈,快速吃完垫垫肚子,再重整旗鼓,走进教室开始下一轮听课。

这么长的时间里,从来没有哪一间学校为了接待我们而让老师上一节"更好"的课来展示教学实力,大概,真正的实力,从来不需要刻意展示什么。

所以,就算是遇到了不完美的课堂,我仍觉得真实比"完美"更美。

一个晴朗寒冷的早上,在卡特卓尔男校,教室里走进来一位穿着粉色衬衫的女士,我们惊异地发现她的腰间不但配了警徽,还有一把配枪。

女警官上的课是有教材的,类似于社会课程,包含着四个方面:定义问题、做出安全选择、面对压力做出反应和评价自己的决定。

她让学生们将自己的问题写下来,投进一个小纸箱里,

半跪着上课的老师

配枪上课的警官

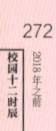

她从中抽出问题进行解答。

今天的第一个问题是：发现有十七岁以下的哥哥姐姐抽烟，怎么办？

教材对问题的设计是开放的，却充满了智慧。

比如，你哥哥不满十七岁，他偷偷抽烟，你看到了，你会如何选择？是告知父母或老师，还是沉默以待？面对来自哥哥的压力你会做出怎样的反应？最后，评价自己的决定，是否安全，是否有效。

孩子在这样的课堂上学到的是在生活中如何面对真实存在的问题，并用合适的方式去解决它。

在一边听课的我有了期待，这样的课程，应该尽快地让我们的学生也接触到。

校园不应该只是象牙塔，只是空中楼阁，它应该与现实生活紧密相连，它就应该是现实生活的一部分。

下课后，我们跟女警官交流，才知道，她其实是个研究型的警探，专门负责调查那些不到法定年龄就抽烟喝酒的孩子，研究他们的行为究竟是什么原因导致的。

至于为什么要带着配枪走进教室，她说，让他们警察走进课堂就是为了让孩子们知道，警察也是普通人，是妻子是母亲。这样，孩子就不会害怕警察，在需要帮助时就能毫不犹豫地向警察求助。

电视台来人了

上午的放学时间刚过，校园迎来了短暂的安宁时刻，我正准备下楼去饭堂用餐，头发花白的老教务主任匆匆来报："那个家长又来了，她又来了。"

看他神情中有略微的慌张，我没有多问，只是带着疑问的表情看着他，果然，他迅速发现自己的表述不够清楚，重新解释道："就是那个有'投诉综合征'的家长，那个女的，带着电视台的人来了，正在校门口。"

电视台？我的内心也是悚然一惊，头不大是假的。但，害怕却是没有的。因为，她的投诉，已经不是这一两天了，前两天我们回复了她在教育局的投诉，仍未能让她满意，这回，她想玩个大的，搬动了电视台，估计是想让我们喝一壶。

作为学校的新闻发言人，我毫无退路。没有退路的好处就是，你不会想逃避推诿，你只能挺起脊梁，迎上去，不管前面是刀枪剑雨，还是温柔的毛毛细雨，没伞，靠的只有剑气。

当然，别想多了，工作嘛。我们靠的是用实力以理服人。

虽然肚子饿得咕咕叫了，我还是像刚吃饱了饭一样地跟眼前报信的教务主任交代："你去跟保安队长讲，让来的人先在保安室候着，五分钟后，叫他们上来。"

我需要这五分钟。

五分钟当然干不了什么，但，足够做多次深呼吸，把更多的氧气输入到大脑，足够思考如何开场，跟写小说一样，好的开场，就是成功的起点。像《百年孤独》那个著名的开头，"多年以后，面对行刑队，奥雷利亚诺·布恩迪亚上校将会回想起父亲带他去见识冰块的那个遥远的下午"，被多少人津津乐道，念念不忘。

只能全力以赴，将拿到手的烂牌打好。

电视台的三位年轻女性扛着摄像机拿着麦克风走进来，我孤身一人，在小会议室接待她们。

深冬里晴朗的正午，热烈的阳光这会儿透过小会议室的窗棂，在会议桌上投下温暖的光影，我身穿羽绒背心，还是

校园教学楼

能感觉到些微的寒意。

跟在电视台人员后面的,是我们学校教职员工都熟悉的那位家长——一头长发染成枯草黄,鼻梁上架着遮了半张脸的大墨镜,一副有人撑腰便真理在握的昂扬派头。

在室内戴着墨镜,是学王家卫呢,还是不自信呢?

当然,我还是尽量避免跟她对视,我不想挑起战争,只想息事宁人。在这方面,学校无可奈何总是认怂保平安的那一方。

请她们四个人坐在桌子的一边,我坐在她们的对面,就是让投诉者觉得她的势力可以压我一头吧。

主事的电视台人员将家长投诉的内容陈述了一遍。

我接招:"这个情况学校都了解,家长为这个事已经在相关部门将学校投诉过一遍了,我们也很认真地做出了解释,相关部门也认可我们的解释。"

这时,一个女孩理所当然地准备开摄像机器,我立刻叫了暂停,说:"我希望电视台的工作人员在了解事实之前不做录音和录像,避免误导或误会,学校肯定会配合调查。"

三位工作人员很通情达理,一致同意了。

我余光中那位裹在华丽披肩里的家长,她的脸上,闪过一丝不易察觉的不满。

"请家长先说吧,我们听听她的诉求。"我大度地朝她伸出手。

家长要说的事情我再清楚不过：学校在筹备戏剧节，参赛节目的选角，没有选到她的女儿。她认为是老师的偏见导致她女儿落选，这不公平。

她为此多方投诉。以至于我们看到她，都会在心里叹气。没办法，她居家带娃，似乎有的是时间。我们只能一次次地疲于应对。

我低头看了眼手表，再抬头面对朝向我的目光说道："如果家长陈述结束了，我就来讲一下学校戏剧节活动的整个筹备过程吧。"

我讲完后，电视台来的三位工作人员面面相觑，她们困惑了，扭头盯住墨镜家长，说："学校没问题啊！"

这绝对是我意料之中的。

家长立刻急了，直直对着我质问："我女儿不漂亮吗？"

我诚实回答她："漂亮。"

"那为什么不能选她？"她推了推墨镜，依旧在自己设定的窠臼里愤懑不已。

"这一次我们排演的剧本很特别，讲的是一群小猴子在老猴的带领下'寻海'的故事。挑选孩子饰演猴子，漂亮真的不是重点，舞台老师有针对角色的具体要求。"一向语速较快的我特意将语速放慢话音放轻，这一刻，我似乎感到，投在会议桌上的阳光很明显地朝我这边移过来了半寸。

电视台的工作人员有点急了,说:"就是嘛,漂亮又不是唯一标准,谁说长得漂亮就能上?要合适才行啊。再说,漂亮的标准也不是你能说了算吧?哪个妈妈会不觉得自己的孩子漂亮呢?"

电视台的三个人不再理会仍争执不休的家长,转身对我说:"能否把你刚才讲的戏剧节选角要求和针对这位家长的投诉所做的工作让我们录一遍,我们就算是完成任务交差了。"

我委婉地拒绝了。

拒绝当然有拒绝的道理,"我们到隔壁办公室单独交流一下可以吗?"我问道。

我把这次采访事件的负责人引导到隔壁办公室——要是让我的脸出现在镜头里,就实在是太大了。不不不,这一句是我赢下半子时的大脑自我放飞而已。

我真的是情真意切,"现在的大环境你们也很了解,我要是在电视上露个脸,认识的不认识的都不会去探寻这件事的原委,而是直接断定:××学校出事了,而且肯定不是好事。"我说道。

采访负责人点头承认。

"既然你们也看出来了,这真的是无理取闹,学校并无过错,我可否请求不出镜?你们多智慧,一定能有更妥当的安排。"

三秒之后，我终于可以送客了。

远远地，在窗口，我看见她们把机器架在学校对面的人行道上摇啊摇。窗外的阳光直接照耀在身上，暖和了许多。

来到早就过了饭点的饭堂时，几个担心我安危的主任们还迟迟未撤，他们盯住我的脸，想一窥端倪。

饿坏了的我无奈地笑笑，埋头在饭盆里朝他们扬扬手，说："吃完了就散了哈，赶紧去休息，没热闹看，记者已经撤了。"

那晚的电视新闻我没关注，内心觉得为这样的无厘头事件不值得。

第二天一早，教务主任拿着手机兴冲冲地在我面前播放他昨晚做的电视录像，电视台陈述了事实，很机智地连线了一位心理专家，专家从心理的角度对家长的诉求和行为进行了有理有据的分析——嗯，重点是家长看问题的角度，不是学校。

这次电视台介入的投诉事件虽然在整个大环境或小环境中都没有翻起任何波澜，作为新上任的学校新闻发言人的我总算是涉险过关了。但，时时警醒几乎是必须的，不仅是因为这样的故事或事故时常会在学校上演，而是我们面对的，是一千多个孩子，可爱的孩子，和一千多个家庭，复杂的家庭。

有一个女孩

下班前的一点空闲时间,准备读几页契诃夫的戏剧集。刚看了三五段,一个女孩冲进办公室站在桌前叫了我一声,我把目光从文字移向慌慌忙忙的她——额头上满是细密的汗水,几绺显得凌乱的湿发挂在脸上。

我知道,是那个女孩。

昨天回家的路上,看到手机上一个名为"学校传达室"的来电,以为有我的快递或学校出了什么事儿,赶紧接起,是一个女孩的声音,她说:"我是郑晴呀,陶老师,你去哪里了?怎么都不回来看我们呀?"

"啊?"当即,我羞愧得无地自容。

我知道，是那个女孩。

这个电话，是我原单位传达室的电话，那个我已经离开近两年，工作了十年的一间学校。十年，情人难免沦为朋友，再也找不到拥抱的理由。

去年教师节那天，原学校的一位同事打电话告诉我，我曾教过的那个班里有个叫郑晴的女孩为我做了一个纸制的盆花，很漂亮，放在我曾经日日敞开如今天天紧闭的办公室门口，她担心学生们来来去去弄坏了这份礼物，先给我收着，等我哪天回原学校怀旧时再给我。

很遗憾的是，我不是善于怀旧的人，对过去和未来都没有什么概念。

后来为办一个手续还是回去了一次的，去到每个熟悉的办公室里探望了一下旧友，感慨、欢笑，还有被夸大的思念。但，只选择潦草欣赏了那个略显粗糙的盆花礼物，并没有带走。将这份心意孤零零留在了原地。

做行政工作让我每周只有两节课，大多数时间忙着事务性的琐事，并没有把全部精力投入到教学中，又因为进班级的时间不多，孩子们的名字常常叫不全也是有的。倒是不管进入哪一间学校，为了便于工作都会尽力在一个月内把全校老师的名字对应着学科一一记住。

其实，记忆是够用的，很多时候，是因为，记住老师的名字比记住学生的名字获益更多。

有时候，我们的内心是冷漠的，势利的。

我当然明白情深情浅都得由时间说了算，可离开一间学校，还是会满怀不舍地跟同事们告别、拥抱，发煽情的短信，虽然相距不过两公里，也泪光闪闪，如生离死别。但，那个班里每周见两次面的孩子，却被我全部抛掷脑后了，我当然有充足的理由，我调走的时候，离学生开学还有两天呀。

多么的理所当然！人的成熟也在于懂得给自己找合适的理由，避免内疚，心理学家认为这是爱自己的表现。爱自己，不就是绝好的理由吗？

在昨天的电话里，我给自己不再去原学校看他们找了一堆冠冕堂皇的理由，无非是很忙，真的很忙，种种的忙。也告诉她我的新学校离她不过两公里，欢迎她在考完试或休假的时候过来玩。

虽然每一句话似乎都讲得情真意切道理充分，想象电话那头不知从哪里得到我电话号码的不谙世事的小女孩似懂非懂的样子，我满心的愧疚。我想我和她的缘分，估计就在这一通电话里了，这通电话之后，我们是没有以后的。

一个十二岁的女孩，她的世界是多小多局促呀。在小小的年纪要保有一份爱或友情是多么的不容易！小小的人无奈地跟随成人世界移动、迁徙、成长、分离、身不由己、陌生、渐行渐远，让曾经随风而逝，最后，空留一点稀薄的回忆在心头。

更何况，我们的节假日基本是同步的。一点胆怯，一点担忧，一点犹豫，就放弃了。放弃，是多么容易的一件事！我和她的人生，将从此不再有交集。有时候，当我们担负不起一种责任或不想承担一种责任，不想花费过多的时间去维护一段显得勉强的关系时，这样的结局，我以为，不算太残酷。

挂断电话后，在一个漫长的红灯前，内心最柔软处依然会隐隐作疼，突然有一种想哭的感觉。今天的我，对这样一份纯真的不包含任何杂质的纯粹感情竟然有了轻微的不适应。人生一路走来，就是让我们不断变得坚硬和无情的吗？因为害怕，是的，我们害怕过于亲密，也害怕孤独存在。也许人类就是为了证实悖论存在而生的吧。

女孩的电话，既是温暖的抚慰也是尖锐的刺。

但，我相信，不用多久我就会忘记这件事，忘掉这个孩子。偶尔回想，不过是为过去增添一点色彩或谈资。如那些旅途中的搭讪和域外的艳遇。

而这一刻，此刻，这个坚韧无畏勇往直前的女孩，结结实实站在我的面前，闯入我的办公室——我已经重新开辟的一片天地里。

我的人生，会因为她，而有所不同吗？

总有这样的人，他们深情热烈用行动追逐目标，不把一切停留在空想层面。他们的生活从未苟且，枝繁叶茂。记得久远前的那一年夏天，十八岁的我们各奔东西从此天涯，有的在火车上啜泣，有的在车窗前落泪，只有他，那个勇敢深情的男孩，拍着那生离死别状的同学的肩膀说："哭什么哭，你爱她就去看她找她追她嘛。"

对于爱，他是如此的坚定。一直坚定。总有人，如此坚定。

愿上天会回报那些坚定、坚韧、深情的孩子。

小女孩坐在我面前，不扭捏不羞涩，她现在读五年级，我教她时她刚满十岁。好在，变化并不太大，我仍能慢慢回想起她在教室里的模样。

我并无特别爱她，只是待她温和。

当年，对这个因为家境穷困，常被同学耻笑欺负的女孩，我一定是多些疼惜维护的。

但，我确定没有给她更多。

她坐下来，笃定的眼神看着我，仿佛累积了一肚子的话要跟我说。

"妈妈找到新工作了。在岁宝商场做收银员，比在肯德基打工工资高一些。妈妈在肯德基受尽了委屈，有一次一个总是挑事的同事问候了妈妈的妈妈，妈妈忍无可忍给了那人一巴掌。主管让妈妈道歉，一直软弱的妈妈这次坚决不干，妈妈说，如果她去我外婆坟前道歉，妈妈就向她道歉，要不就是她自找活该。"

跃

"爸爸还是在香梅市场的水果档做生意。每天都很辛苦。"

"弟弟是个哭包,娇气得要命,烦人得很。有时真想揍他几下。但不敢,怕爸妈打。"

老师们对她都好。常把家里孩子小了的衣物送给她,那些漂亮的连衣裙、牛仔裤都是老师送的。也会单独给她补习功课，她家里可没有钱送她去补习班；新来的舞蹈老师开始是喜欢她的，后来嫌她性格像个男孩子。不过，跳舞，于她，无感。

不喜欢跟女孩子玩，她们太装，她们会骂她穷鬼，住垃圾堆，她们看不起她，说她脏，身上有味道。"有一次，我跟阿秀玩，那个李轩说阿秀是她的朋友，不让她跟我玩。我说凭什么？只要阿秀愿意，她就可以跟我玩。"

其她女生的偶像都是TFBOYS、李荣浩、EXO什么的，她不粉这些男生，她只喜欢安吉丽娜·朱莉。

"是跟美术老师要了你的电话才找到你的，你记得×××吗？还有×××……"

其实，我不太记得那些孩子了，他们在我印象里遥远而模糊。但，我不敢承认。一律点头。面对一个孩子，我害怕什么？

害怕她对我失望。害怕她在某一天回想这一刻，会鄙视我。

虽然，我常安慰自己，我关注的是全校一千多学生。但，如果没有这一个、又一个，真实的每一个，那，一千多学生不过是个虚数。

我耐心地，微笑着，看着面前这个急于表达的女孩，那些她无法跟父母或同学或老师倾诉的东西，也许我，正好适合倾听。

她对我的行政职务毫不了解,她只知道我是那个教过她的,曾经在课堂上待她温柔的老师。

这样的孩子,家境穷困,在这座飞速发展、与国际接轨、似乎遍地中产的城市里,跟他们的父母一样,见惯了轻视、侮辱和白眼,一点点的好,就会被深深记取。令人无言。

当然,我鼓励她好好学习,将来一定要去读大学——这样,真的能改变她的人生轨迹吗?我不确定。我只是不能跟这个女孩说要改变命运是多么困难。

5点30分,我跟她说抱歉,因为要回家做饭了。我不愿意为她耽误一次做晚饭的时间,好像我们还有长长的未来。这让我刚刚产生过的那份感动,显得不够动人。但却更真实,不是吗?

我把她那辆破旧的小单车塞进车后座,让她坐在副驾驶的位置上。

她抱着书包,脸上洋溢着满足且欢乐的光芒。

"陶老师,这个书包也是一个阿姨送给我的。"

"哦。"我沉默了片刻,说,"那是因为他们喜欢你,才会这样做。不过,等你自己工作挣钱了,就不需要别人的送或给了,自己买。"

一个人是否愿意养活自己,是否以自食其力为荣,这是我判断他或她心理健康与否的重要标准。而一个女人，只有走到经济、精神独立的那一天，有见识，有给自己买衣服的钱，才能有不向常规认输的底气。

我不会说这样一段话给这个十二岁的孩子听。我只是隐隐觉得她在为有人送她各种东西而开心。难道不应该开心吗？

但，一个孩子，会不会渐渐依赖这种赠予呢？为了这种赠予，她又会付出什么呢？她的父母对于这些赠予是怎样的态度呢？

其实，只有我们才知道那种冷酷的现实，他人的好，其实并不一定是因为你的好，而仅仅是他人的同情或自我安慰，而他人的冷淡或不好，倒是一种常态。如果，如这个女孩告诉我的一样，不喜欢她的舞蹈老师不好，喜欢她的数学老师很好，我以为，真实的人间会令她越来越不满。这，对她，未必是好事。

她能理解那个喜欢你、对你好是稀罕事儿，不喜欢或不理睬、对你不好是常态的世界吗？

"有时候，我也觉得自己像个乞丐。"女孩说完这一句侧头看我，眼神倔强。

"啊？"我吓了一跳，"不，你只是个需要帮助的小孩子，现在你还是个没有行为能力的小孩子，对别人的赠送心怀感谢就好了。等到你有能力时，也应该去帮助别人。"

"嗯。"

到了她说的路口,我停车,把她的小单车拖出来。她一脸担忧的样子,问:"会不会把你的车弄脏了?"

我笑着说:"没事。"

我想说的是,比起你来看我的情意,其他都不值得一提。但,我没有说,只是叮嘱她注意安全,赶快回家别让爸妈着急。

她说爸妈还都没回家呢,他们很晚才能回家。"陶老师再见!我会再去看你的。"

看她快乐地蹬车快速消失在路口,夕照的阳光热烈,大叶榕绿意深浓,街上人来车往。没有人知道,我在等待一个女孩的未来。愿她前途光明。

我当然相信,她会再来看我。她就这样用一种独特的方式生硬又有情地嵌入了我的生活。

我的没用与有用

　　说起一间学校,你能想象的,大约都是电影镜头或唯美海报上的那种画面:老师们黑框眼镜白衬衣,胳膊下夹着讲义,手执教鞭笑容满面踏着铃声走进教室;学生们呢,纯粹干净不染尘埃,一个个睁着充满求知欲的大眼睛认真听课举手发言,乖得跟电视宣传片上一样。

　　校长嘛,白发苍苍亲切又慈祥,满眼温情脉脉,望着整洁的校园、敬业的老师,还有聪明的学生,每天没事似的,跟欢快无忧的孩子们闲聊几句展现完美形象。

　　这一幕幕,写起来,内心都有种行云流水的欢喜在涌动,跟合家欢式的广告一样,父慈子孝母亲和善,孩子乖巧懂事,老人健朗,一笑满口白牙。

现实却总是直接啪啪打脸:醒醒吧,谁家不是一地鸡毛鸡飞狗跳。我们就不要沉醉在象牙塔的梦乡了,不管什么职业,坑都是一个不少的,更何况是在随时天雷滚滚的校园。

这不,故事,不,事故来了。

最繁忙的周一早晨晨会刚刚结束,姚主任慌慌张张冲进办公室,说:"陶校,不好了。"

好在年纪大了经得起万般惊吓,不过,我还是深吸一口气,说:"拜托,不是跟你们说了吗,不这样说话行不行?不要烘托气氛,直接说事。"

"两个班主任今天出发去山东参加公民教育培训了。"

"知道啊,怎么了?"我瞬时淡定,只要不是哪个捣蛋小子受伤,其他都是小事。

"因为上周运动会下雨改期,打乱了她们的调课安排,这两天她们有几节课忘了提前安排。"

好在我早已勘破生气丝毫不能解决问题的真谛。

离第二节课上课还有一段时间,我暂时松了一口气,"那你去找罗主任安排一下就好了,说得这么吓人。"

姚主任不走,语气更急切地说:"两个老师打电话给罗主任了,罗主任很不高兴地说不安排,她们才打了电话来找到我,我刚才也赶忙去找了罗主任,他也不理我。"

姚主任说了一通"绕口令",满脸委屈。责任心极强的她也很清楚，自己部门安排的外出，如果让教室里空了堂，直接可以判责任事故了。

也难怪人家罗主任不理啊，每次都强调外出学习培训要安排好课务才能出发，临时让罗主任安排也是为难他的。我沉思几秒，说："这样吧，我去跟他说一下。"

罗主任是学校负责课务工作的老主任，认真勤勉，在我最困难、内忧外患的那一段时间里，他始终像老大哥一样坚定地支持着我，给我温暖的帮助。

每次遇到棘手的问题，我就会特别信任他，在他面前说出我的困扰和难题，他会心中有数地点着头，然后主动站出来，以资历和年龄的优势靠自己的智慧去把事情摆平，为我清除工作障碍。

有时候细细思量，同事之间，如果相处到了一个境界，还真有一点江湖侠客轶事的味道。

我推开椅子，人还未完全站起来，姚主任面露难色，一番言语又将我摁了回去，她说："罗主任第一节上课去了，不过他跟我放了话，说陶校来了也没用。"——第一次听到这样孩子气的说法，我几乎气笑了。

可不是，再能干、义气的男人，再大年纪的男人，也是难免有点孩子气的，那点孩子气最可贵，也特恼人，结过婚的女人都知道。

在学校这种特殊的环境里拿职务高一级去压制别人是很

愚蠢且不明智的。

而且,我也真的很能理解他的不开心,一件应该提前做好安排的工作,火烧眉毛了才找到他去灭火,老当灭火队员,任谁也是不乐意的。

只是,气话已经说出口,我再去强压着他安排,他若听了我的,年纪比我大一截的老大哥多没面子;他若任性顶回来,我也觉得尴尬不是。

对于一贯只讲如何将事情做好,不大懂得"面子学"的我来讲,此时更像一个考验。

"那我现在不能去找罗主任呀。"我自语自语道。

抬头看着桌前站着的像犯了错的学生一样的姚主任,我安抚她:"这样吧,你去把两位老师这两天的语文课时间抄一份来给我,我想想办法。"

很快,姚主任将两位"闯祸"老师的八节未调换好的课按班级节次写好,摆在了我的面前。其中有个老师等会儿第二节就有课,难怪姚主任急得跳脚。

我先拨通了两位老师所在办公室的内线电话,接电话的是英语老师,她下一节正好没课,我请她先去顶了最紧急的这一节,后面的,我可以慢慢来安排。

"来,姚主任,这些空缺里面,你认领一节。"

姚主任愣了一下,马上明白我的意思,很干脆地指了一节课,说:"我去上这节课。"

我在那节课的时间下面标注了她的名字。又在另一节下面写上我自己的名字。

拿着这张临时代课表，我信心满满地走出办公室，从隔壁的主任办公室开始，"来，帮个忙，认领一节课"。

主任们大约没见过我亲自卖课这样的事吧，都有点发懵，不懂啥意思，我也不做更多解释，反正，领一节课去上就对了。

很快，课就被领完了。

重新回到办公室，我将那张被涂涂画画过的课表用A4纸仔细地誊抄了一遍，跟姚主任说："代课单还是得罗主任来开具，等他下了课我们再找他。"

下课铃一响，姚主任就站到走廊上去等了。我在走廊上眼见下课的罗主任经过，急忙拦住他说："罗主任，我有点事要找您。"

老主任当然以为我是要让他安排代课，表情严重不悦，说道："我去把教科书放了就过来。"

嗯，他不打算马上"认输"，想让我也急一急，体会一下他的心情。

不多时，他脸黑黑地从办公室出来，走到我和姚主任面前，语气里是浓浓的不满："陶校，什么事？"

我把手中的A4纸递给他，说道："姚主任这次安排老师外出学习出了漏洞，我已经批评了，一定会吸取教训的。两

雨后的篮球场

个老师的课我们都已经都安排好了，麻烦您给代课老师补开个代课单，辛苦您了。"

"啊，陶校，这个事，哦，本来，也很简单的……"老主任看着手中那张A4纸有点不知所措，大概我也算他人生中的活久见吧，他本来想凶凶地出拳，却发现迎面而来的是柔软的棉花糖。

"罗主任您放心，我会提醒各部门对外出老师的课务做进一步强调的，这次就给您添麻烦了，"我笑着催他，"您赶紧去开代课单吧。"

"哦哦，"罗主任猛然间醒悟似的，"那我去开单了。""快去吧。"我目送他走向走廊尽头的办公室。

姚主任在我身边长舒一口气，说道："早上真的是急死我了，这课要是没人去上，问题就严重了，想想都害怕。"

我的思绪却飘走了：有时候退一步，并不是输，而忘掉所谓的面子，海阔天空。

这时，上课铃声响了，我一边思量着，一边看着老师们从办公室走出来，他们穿梭在不同楼层，成为不同教室里各异的分贝与内容，成就各自独特且珍贵的美。

我们深圳

首部深圳人文大型文库

校园十二时辰

教育，其实是一门爱的艺术，让孩子们在爱中习得，在爱中成长。

协工作，就是在报社担任时尚记者。在毕业22年后的夏天，我要写的这本书，是与时尚有关的《特区霓裳》。2022年6月11日下午，窗外淅淅沥沥地下着雨，雨水在南方疯长的植物叶子上，噼噼啪啪地发出
。她说，"衣裳让我快乐，这份快乐是别人无法理解的"。她穿着自己设计的不跟风不流俗的衣服，表达着自己对服装的热爱，呈现着自己独一无二的气质。我喜欢这样让人共鸣的字句："我们各人住在各
于1981年，由沈从文先生所著的《中国古代服饰研究》，却是一部扎扎实实的厚重之书，用图文形式"以服饰为线将古代各时期的政治、军事、经济、文化、民俗、哲学、伦理等诸多变迁之轨迹联系起来"
的时候，让自己的服装在外在美和内在气质上，打上了独一无二的东方印记。赵卉洲和她的"艺之卉"既是东方的，又是国际的；既是中国的，又是世界的。她从深圳出发，让世界看到中国的时尚力量，看
妙连接。"光绪二十九年（1903年）四月间，慈禧设宴招待各国驻华公使夫人。她拣了一件最华贵的朝袍，是用孔雀翠羽织成的，上面
正在逐渐接受来自西方的新时尚理念，中国的时尚也开始踩上了西方时尚的尾巴。"2022年5月19日，在位于龙
一个实体空间，用馆藏近万件藏品来展现近百年来中国时尚生活方式。我徜徉于此，让文学、
在这里找到有迹可循的源头。然后，成为一直闪耀的支流，汩汩地汇入时尚的大江
实用和简朴成为服饰的主流。在博物馆内，我们看见蓝色、黑色、灰色作为
安静，齐整——在清王朝三百年的统治下，女人竟没有什么时装
光如此神奇。2000年大学毕业后

随身带着的一
趣的、充满想象力的时尚观察与
表性的设计师，在19
用"艺之卉"这个深圳品牌，
女性是最先接受西方服
的空间，这是深圳服装行业中，
分字句，让读者的
1912—1949年的民国服
舌，那就是樟脑的香，甜而稳妥，像
世骇俗"之人，如今
这一刻，张爱玲与衣服有关
夹袍的时候，也
和服饰研究领域的开山之作。不
济、社会、世俗生活、
禧一动，这些珠
，讲解员正在认真地为我分
尚潮流在地理坐标和空
，汩汩地汇入时尚的大江大
灰色作为
统治下，女人竟没有什么时装
，2000年大学毕业后
衣服是一种言语，随身带着的一
时尚观察与
觉得这位特区代表性的设计师，在199
艺之卉"这个深圳品牌，
生是最先接受西方服
的空间，这是深圳服装行业中，
字句，让读者的
1912—1949年的民国服
那就是樟脑的香，甜而稳妥，像
世骇俗"之人，如今
然之曲。这一刻，张爱玲与衣服有关
她去年那件织锦夹袍的时候，也
研究领域的开山之作。不
，看到经济、社会、世俗生活、
上挂着一串二寸长的珠璎珞，慈禧一动，这些珠
时尚博物馆内，讲解员正在认真地为我分
文化在这一刻交汇，感受到一座城市的时尚潮流在地理坐标和空
支流，汩汩地汇入时尚的大江大
立后，实用和简朴成为服饰的主流。在博物馆内，我们看见蓝色、黑色、灰色作为
多想象过去的世界，这么迂缓，安静，齐整——在清王朝三百年的统治下，女人竟没有什么时装
的。20世纪90年代后期，她是人群中能够因为"时尚"二字而被记住的一位知识女性。时光如此神奇。2000年大学毕业后
了出来。她在《我的天才梦》里写着"生命是一袭华美的袍"，在《童言无忌》中写着"对于不会说话的人，衣服是一种言语，随身带着的一
心肝的女人，说起她去年那件织锦夹袍的时候，也是一往情深的"……张爱玲用辛辣机智俏皮的文字来讲服装背后的时代变化、民意的洪流、社会心理的变化，是立体的、风趣的、充满想象力的时尚观察与
，是中国古代丝绸和服饰研究领域的开山之作。不知道生于20世纪70年代的艺之卉时尚集团创始人兼首席设计师赵卉洲在成长期有没有受张爱玲和沈从文的影响，但我觉得这位特区代表性的设计师，在199
装上的沿袭与生长，看到经济、社会、世俗生活、各地风情自然而然地在服装上开出了花。荣获"深圳经济特区建立40周年创新创业人物和先进模范人物"的称号赵卉洲，不仅用"艺之卉"这个深圳品牌，
端上挂着一串二寸长的珠璎珞，慈禧一动，这些珠璎珞就前后摇摆起来，放出灿烂的光芒。""晚清西风东渐，女性服饰也受到影响。矮领变高领，宽松变紧身，逐渐性感起来。留洋女性是最先接受西方服
艺之卉百年时尚博物馆内，讲解员正在认真地为我分享中国百年时尚之路。这个由赵卉洲和董事长周胜筹建的博物馆，为20世纪的中国服饰潮流打造了可看、可触摸、可思考的空间，这是深圳服装行业中，
交汇，感受到一座城市的时尚潮流在地理坐标和空间坐标以及历史坐标上有了交汇。讲解员严谨的讲述背后，有娓娓道来的故事，也有与故事同步的世事。生活及时尚的温度，我摘录下部分句，让读者的

总策划 / 出版人：

胡洪侠

策划编辑：

郭洪义

特约编辑：

汪小玲

责任编辑：

吴萌

技术编辑：

杨杰　杨铖彦　崔华林

装帧设计：

周舒婷

图书在版编目（CIP）数据

校园十二时辰 / 陶粲明著. —— 深圳：深圳报业集团出版社，2023.4
（我们深圳）
ISBN 978-7-80774-051-3

Ⅰ. ①校… Ⅱ. ①陶… Ⅲ. ①纪实文学 - 中国 - 当代 Ⅳ. ①I25

中国国家版本馆CIP数据核字(2023)第060096号

校园十二时辰
Xiaoyuan Shi'er Shichen

陶粲明 / 著

深圳报业集团出版社出版发行
（深圳市福田区商报路2号　518034）
深圳市国际彩印有限公司印制
新华书店经销

开本：889mm×1230mm　1/32
字数：160千字
版次：2023年4月第1版　2023年4月第1次印刷
印张：9.375
ISBN 978-7-80774-051-3
定价：68.00元

深报版图书版权所有，侵权必究。
深报版图书凡是有印装质量问题，请随时与承印厂联系调换。